NAME: Justus Jonas
FUNKTION: Erster Detektiv
FRAGEZEICHENFARBE: weiß
BESONDERE MERKMALE: das Superhirn der Meister der Analyse und Wortakrobatik; erst schneller Schwimmer; zu Hause auf dem Schrottplatz von Tante Mathilda und Onkel Titus; zupft beim Nachdenken an seiner Unterlippe
IST FAN VON: Tante Mathildas Kirschkuchen und Denksport aller Art

NAME: Peter Shaw
FUNKTION: Zweiter Detektiv
FRAGEZEICHENFARBE: blau
BESONDERE MERKMALE: für körperliche Herausforderungen immer zu haben, dafür kein Ass in der Schule; großer Tierfreund; Spezialist für Schlösser aller Art, die seinem Dietrichset einfach nicht standhalten können; neigt zu Vorsicht und Aberglauben
IST FAN VON: schnellen Autos (insbesondere seinem MG), der südkalifornischen Sonne, so ziemlich jeder Sportart

Die drei ???®

Die drei ???®
Das Kabinett des Zauberers

erzählt von André Marx

Kosmos

Umschlagillustration von Silvia Christoph, Berlin
Umschlaggestaltung von eStudio Calamar, Girona, auf der Grundlage
der Gestaltung von Aiga Rasch (9. Juli 1941 – 24. Dezember 2009)

Unser gesamtes lieferbares Programm und viele
weitere Informationen zu unseren Büchern,
Spielen, Experimentierkästen, DVDs, Autoren und
Aktivitäten findest du unter **kosmos.de**

Gedruckt auf chlorfrei gebleichtem Papier

© 2015, Franckh-Kosmos Verlags-GmbH & Co. KG, Stuttgart
Alle Rechte vorbehalten
Mit freundlicher Genehmigung der Universität Michigan

Based on characters by Robert Arthur.

ISBN 978-3-440-14232-5
Redaktion: Anja Herre
Lektorat: Nina Schiefelbein
Grundlayout und Satz: DOPPELPUNKT, Stuttgart
Produktion: DOPPELPUNKT, Stuttgart
Printed in Germany/Imprimé en Allemagne

Die drei ???®

Das Kabinett des Zauberers

Der verschwundene Zauberer	7
Eingesperrt	18
Der Zauberlehrling	26
Der Fremde im Spiegel	36
Hasentod	44
Cotta legt auf	55
Auf der Spur des Hasenmörders	64
Nightingale, der Magier	72
Unsichtbar und trotzdem da	80
Der größte Betrüger in der Welt der Zauberei	88
Doppelüberwachung	100
Nachts im Wald	109
Keinerlei Potenzial für Komplikationen	117
Das Geheimnis der Blutstiara	126

Der verschwundene Zauberer

Als Justus Jonas nach der Schule nach Hause kam, erwartete ihn eine Überraschung: Der staubige Hof des Gebrauchtwarencenters T. Jonas war voller Kinder. Eine Gruppe Sieben- oder Achtjähriger hatte sich über den Platz verstreut. Sie stöberten im Trödel herum, kletterten auf alte Gartenstühle, zupften an Kleidern, probierten Hüte auf und reckten ihre Arme nach Stofftieren und Nippesfiguren. Es herrschte ein Trubel wie auf dem Schulhof während der Pause. So etwas hatte Justus in all den Jahren, die er nun schon bei seinem Onkel und seiner Tante lebte, noch nie gesehen.

Tante Mathilda eilte fast panisch von einem Kind zum nächsten. »Oh, würdest du bitte von diesem Sessel heruntersteigen?«, sagte sie gerade zu einem Jungen, der sich hüpfend auf einer Antiquität vergnügte. Dann lief sie zu einem Mädchen, das mit einer Porzellanpuppe spielte. »Ähm, das ist, wie soll ich sagen, ein sehr wertvolles Stück und es ist eigentlich gar nicht zum Spielen gedacht.« Mit sanfter Gewalt entwand sie dem Mädchen die Puppe.

Auf dem Weg zum nächsten Notfall – zwei Jungs hatten ganz in der Nähe einiger filigraner Blumenvasen entdeckt, dass man mit einem alten, blechernen Hundenapf hervorragend Fußball spielen konnte – fiel ihr Blick auf ihren Neffen, der dem Treiben verwundert zusah.

»Justus!«, rief sie und eilte atemlos auf ihn zu. »Endlich. Dem Himmel sei Dank! Ich dachte schon, du kommst gar nicht mehr nach Hause.«

»Tante Mathilda, was ist denn hier überhaupt —«
»Kinder!«, rief Mathilda Jonas laut und klatschte in die Hände. »Kommt alle her, der Justus ist jetzt da!«
Justus sah seine Tante verdattert an. »Aber was —«
»Das werden dir die lieben Kleinen gleich schon selbst erzählen«, sagte Tante Mathilda und sah zufrieden zu, wie die etwa zwanzig Kinder alles stehen und liegen ließen, auf sie zugerannt kamen und Justus umringten. Tante Mathilda seufzte erleichtert und klopfte Justus auf die Schulter. »Viel Spaß!« Damit ging sie davon.
Justus war umzingelt und blickte irritiert in die erwartungsvollen Gesichter. »Ihr wollt zu mir?«
Keines der Kinder sagte etwas.
Da meldete sich eine junge Frau zu Wort, offenbar die Klassenlehrerin, die Justus bislang nicht bemerkt hatte. »Tja, Kinder, ihr müsst schon mit ihm sprechen, wenn ihr etwas von ihm wollt.«
»Angelina soll das machen, die ist Klassensprecherin«, meinte ein blonder Junge.
Alle anderen nickten.
Da trat ein Mädchen mit schwarzen Zöpfen einen Schritt vor und räusperte sich. Sie zog ein kleines Kärtchen aus der Tasche ihres geblümten Kleides. Justus erkannte, dass es die Visitenkarte der drei ??? war.
»Wir möchten zu dir und zu Peter Shaw und …« Sie warf einen Blick auf die Karte. »… und Bob Andrews.«
Justus schmunzelte. »Ihr möchtet also mit den drei Detektiven sprechen?«
Alle nickten eifrig.

»Charity und Chastity haben gesagt, dass ihr Fälle löst und so«, erklärte Angelina.
Justus runzelte die Stirn. »Die Kretschmer-Zwillinge?«
Angelina zeigte auf einen sommersprossigen Jungen. »Er ist der Cousin von denen. Es war seine Idee, dass wir euch beauftragen.«
»Soso«, murmelte Justus und versuchte, ganz ernst zu wirken. »Womit denn beauftragen?«
»Ihr sollt rausfinden, wohin der Zauberer verschwunden ist.«
Wieder nickten alle.
»Wohin der Zauberer verschwunden ist«, wiederholte Justus und wandte sich Hilfe suchend an die Lehrerin, doch die war ganz bezaubert von ihren Schützlingen und würdigte ihn keines Blickes. »Na schön, dann erzählt mir doch mal alles von Anfang an: Was ist das für ein Zauberer und wohin ist er verschwunden?«
Angelina seufzte tief, setzte an, etwas zu sagen, überlegte es sich dann aber anders und atmete noch ein paarmal tief durch, bevor sie endlich loslegte. »Also. Der Zauberer heißt Pablo. Und wir waren da heute. Die ganze Klasse. In seinem Zaubertheater. Und er hat gezaubert.«
»Ja, der hatte ein Kaninchen!«, rief ein Junge dazwischen.
»Manno!«, beschwerte sich Angelina. »Ich erzähl das jetzt!« Sie wandte sich wieder an Justus. »Also. Der hat gezaubert. Und wir haben zugeguckt und geklatscht und so. Und dann ist er in einen Schrank gestiegen und nicht wieder rausgekommen. Das war voll komisch. Deshalb haben wir irgendwann nachgesehen. Aber der Schrank war leer. Der Zauberer war weg. Und ihr sollt jetzt den Fall lösen.«

Nun musste Justus doch grinsen. »Der Zauberer ist in einen Schrank gestiegen und verschwunden? Hm, das ist natürlich sehr geheimnisvoll. Aber meint ihr nicht, dass das vielleicht ein Zaubertrick war? Detektive machen ja alle möglichen Sachen, aber Zaubertricks zu erklären gehört eigentlich nicht dazu.«

Doch Angelina schüttelte entschieden den Kopf. »Es war kein Zaubertrick. Der Zauberer war weg. Ganz weg.«

»Aber dann tauchte er plötzlich wieder auf und ihr habt geklatscht«, vermutete Justus.

Alle schüttelten die Köpfe.

»Ihr habt nicht geklatscht?«

»Er kam nicht wieder!«, sagte Angelina. »Gar nicht!«

»Gar nicht gar nicht?«

»Gar nicht gar nicht gar nicht.«

»Gar nicht gar nicht gar nicht gar nicht«, sagte ein anderes Mädchen.

Wieder wandte sich Justus fragend an die Lehrerin, und dieses Mal beachtete sie ihn. »So war es wirklich«, sagte sie. »Verzeihung, ich sollte mich vorstellen. Ich bin die Klassenlehrerin Mrs Thompson. Heute Vormittag waren meine Kollegin Mrs Kato und ich mit unseren beiden Klassen in einer Schulvorstellung bei Pablo, dem Zauberer. Alles verlief ganz normal. Aber dann stieg der Zauberer in diesen Schrank und kam nicht wieder raus. Die Kinder wurden unruhig, und nachdem mehrere Minuten lang nichts passiert war, erlaubten wir ihnen, mal nachzusehen. Wir dachten, das gehöre vielleicht zur Show. Joshua ist auf die Bühne geklettert und hat die Schranktür geöffnet. Aber der Zauberer war weg und

er tauchte auch nicht wieder auf. Wir warteten noch zehn Minuten, dann sind wir gegangen. Die Kinder waren ganz verstört. Und Mrs Kato und ich fanden es auch etwas seltsam. So beendet man doch keine Zaubervorstellung für Kinder!« Justus nickte nachdenklich. »Das klingt in der Tat seltsam.«
»Wir fuhren mit dem Bus zurück in die Schule, aber die Kinder konnten die Sache nicht vergessen, und dann kam Daniel auf die Idee, zu den drei Detektiven zu gehen.«
»Ihr müsst dem Zauberer helfen!«, meinte ein Mädchen. »Vielleicht hat er sich nur aus Versehen weggezaubert und weiß nicht mehr, wie er zurückkommt.«
Ein paar der anderen Kinder lachten, aber in den Gesichtern der meisten las Justus Unsicherheit. Er selbst konnte sich nicht vorstellen, dass hinter dieser Geschichte wirklich ein Fall steckte. Aber wie sollte er das den Kindern begreiflich machen? »Tja, ich weiß nicht ...«
»Du musst den Fall übernehmen«, wurde er von Angelina unterbrochen. »Das steht nämlich auf eurer Karte.« Sie hielt sie ihm als Beweis unter die Nase.

Angelina grinste triumphierend. »Wir übernehmen jeden Fall«, zitierte sie. »Also musst du.«
Alle Kinder nickten.
Justus seufzte schwer. Er sah die erwartungsvollen Gesichter, die großen Augen und die halb offenen Münder. Und hörte sich selber sagen: »Na, dann ... muss ich wohl.«

»Du hast *was*?«, fragte Peter, nachdem er eine halbe Stunde später gemeinsam mit Bob auf dem Schrottplatz angekommen war. Beide hatten Getränke und Kekse und große Handtücher in ihren Rucksäcken.
»Ich habe Ja gesagt.«
»Aber wir wollten doch heute an den Strand.«
»Das können wir auch. Nachdem wir den Fall gelöst haben.«
Peter verdrehte die Augen. »Und wann soll das sein? In einer Woche?«
»Ich dachte eher an eine Stunde. Wir werden hinfahren, den Zauberer vermutlich sofort antreffen, ihn fragen, was er sich dabei gedacht hat, und direkt danach zum Strand fahren.«
»Ach, so einfach ist das«, sagte Peter spöttisch.
»So einfach ist das. Ich sehe da keinerlei Potenzial für Komplikationen.«
»Da gibt es nur ein Problem, Justus«, meinte Peter. »Immer wenn du keinerlei Potenzial für Komplikationen siehst, stecken wir eine Stunde später in sehr großen Schwierigkeiten.«
Justus schüttelte den Kopf. »Unsinn. Ein Zauberer hat einen Zaubertrick aufgeführt, nichts weiter. Er hat für seine Aufführung eine etwas unglückliche Dramaturgie gewählt, das gebe ich zu. Einen Haufen verstörter Kinder zurückzulassen,

ist nicht gerade umsichtig gewesen. Aber wirklich verschwunden ist er natürlich nicht in diesem Schrank. Das ist nämlich unmöglich. Also wird es mit an Sicherheit grenzender Wahrscheinlichkeit keine Schwierigkeiten geben.«

»Ich erinnere dich dran, wenn wir drinstecken«, murmelte Peter resigniert.

»Dann lasst uns keine Zeit verlieren, damit wir auf jeden Fall noch zum Strand kommen«, schlug Bob vor.

Sie waren gerade dabei, auf ihre Fahrräder zu steigen, da kam Mathilda Jonas herbeigelaufen. »Justus! Du willst dich doch nicht etwa schon wieder aus dem Staub machen? Du hattest mir versprochen, die alten Türen abzubeizen, die dein Onkel gekauft hat.«

»Ach herrje, das habe ich ganz vergessen, Tante Mathilda. Kann ich das nicht morgen machen?«

Tante Mathilda war wenig begeistert und stemmte die Hände in die Hüften. »Du erinnerst dich an alles, was dir begegnet, Justus Jonas. Du hast ein Gedächtnis wie ein Buch, du kannst sogar die Inhaltsstoffe von Cornflakes herunterbeten, nachdem du sie auf der Packung gelesen hast, aber wenn ich dich *einmal* um etwas bitte, vergisst du es sofort!«

»Tut mir leid, Tante Mathilda. Aber diese Kinder von vorhin, die hatten einen Auftrag für uns und –«

»Ich will das gar nicht wissen. Ich will, dass du dich an Absprachen hältst.« Sie hob drohend den Zeigefinger. »Morgen!«

Justus nickte artig. »Versprochen, Tante Mathilda.«

»Und es wäre schön, wenn wir dich zwischendurch auch mal wieder zum Essen sehen würden.« Damit drehte sie sich um und rauschte davon.

»Puh«, machte Peter. »Die Zündschnur deiner Tante ist heute aber ziemlich kurz, Just.«

»Wir hauen besser ab, bevor ihr noch etwas einfällt«, schlug Bob vor und schwang sich auf den Sattel.

Sie machten sich auf den Weg. Justus hatte in Erfahrung gebracht, dass das Zaubertheater am Beginn des Rustic Canyon in den Santa Monica Mountains lag, einer kargen Bergkette im Landesinneren. Nur in den Tälern, wo Kalifornische Platanen und Eukalyptusbäume entlang von schmalen, halb ausgetrockneten Wasserläufen wuchsen, war es grün.

Nach einer halben Stunde hatten die drei ??? den Canyon erreicht. Ein kurzer, nicht asphaltierter Weg endete nach einer halben Meile an einem Parkplatz. Von hier aus führte nur noch ein Wanderweg weiter in die Berge.

Doch sie waren bereits am Ziel, denn in unmittelbarer Nähe des Parkplatzes stand ein eigentümliches Gebäude. Es mochte einmal als herrschaftliches Wohnhaus geplant gewesen sein, doch offenbar war den Bauherren das Geld ausgegangen. Die Wände waren fertiggestellt worden, ebenso die Terrasse mit ihren dicken Säulen, die das Dach hätten tragen sollen. Doch es gab kein Dach. Stattdessen hatte jemand das Haus mit einer Art riesigem Zirkuszelt überspannt, das rundherum offen war. Es bestand aus hunderten farbenfroher Stoffflicken. Auch der Rest des Hauses war bunt, denn die Wände waren von oben bis unten mit grellen Graffiti besprüht. Ausgenommen war lediglich eine dunkle, hölzerne Doppelflügeltür an der Terrassenseite. Über dieser Tür prangte ein großes Schild. In selbst gemalten verschlungenen Buchstaben und mit silbernen Sternen verziert stand dort:

Pablos Zauberkabinett

»Da wären wir«, meinte Peter, während er sein Rad auf dem Parkplatz abstellte, wo noch die breiten Reifenspuren des Schulbusses zu sehen waren.
»Beeindruckend«, sagte Bob, während er das Gebäude bewunderte. »Und ganz schön durchgeknallt.«
»Dann schauen wir mal, ob unser Zauberer zu Hause ist«, sagte Justus und stieg die drei Stufen zur Terrasse hinauf. An der Tür gab es einen silbernen Türklopfer in Form eines Drachenkopfs, der einen Ring im Maul hatte. Doch als der Erste Detektiv ihn betätigen wollte, schwang der rechte Türflügel gleich ein Stück nach außen auf. Dahinter lag kühle Dunkelheit.
»Hallo?«, rief Justus.
Nichts rührte sich.
Justus klopfte ein weiteres Mal und sie warteten eine Weile.
»Richtig groß ist das Haus nicht«, bemerkte Peter. »Wenn Pablo da ist, müsste er uns gehört haben.«
Justus lugte durch den Türspalt. Dahinter lag ein kleiner Vorraum. Links und rechts waren Garderobenhaken an der Wand, an der gegenüberliegenden Seite hing ein schwerer roter Vorhang, der zugezogen war.
»Willst du einfach reingehen?«, fragte Peter.
Justus zuckte mit den Schultern. »Warum nicht? Vielleicht ist Pablo schwerhörig.«
Er durchquerte den Vorraum und schob den Vorhang zur Seite. Eine schmale Treppe führte nach oben zum hinteren Ende der Zuschauerempore eines kleinen, verlassenen

Theatersaals. Justus sah sich darin um. Acht Sitzreihen mit zerschlissenen roten Klappsesseln führten hinunter zu einer Bühne. Die eingeschalteten Bühnenscheinwerfer warfen ihr gebündeltes Licht auf einen schwarzen Tisch und einen großen schwarzen Schrank mit einer verspiegelten Tür. Der restliche Raum lag im Dunkeln.
»Willkommen in Pablos Zauberkabinett«, sagte Justus, als Bob und Peter neben ihn traten. Seine Stimme hallte dumpf wider.
»Hier riecht's ganz schön muffig«, murmelte Peter.
»Hallo?«, rief Justus in den Saal hinein, doch niemand antwortete. »Es scheint wirklich keiner da zu sein.«
»Was jetzt?«, fragte Peter.
»Jetzt sehen wir uns den geheimnisvollen Schrank an, in dem Pablo verschwunden sein soll«, sagte Justus und ging an den Sitzreihen vorbei nach unten zur leicht erhöhten Bühne. Er kletterte hinauf und stand nun selbst im Scheinwerferlicht. Neugierig betrachtete er den Schrank. Um den Spiegel herum war er mit silbernen Sternen und runenartigen Symbolen bemalt.
»Ein ganz normaler Schrank«, stellte Justus fest.
Auch Peter und Bob kamen auf die Bühne. Bob öffnete die Schranktür. Der Schrank war leer. Der dritte Detektiv steckte die Hand hinein und befühlte die Wände, aber da war nichts. Fragend wandte er sich an die anderen. »Und nun?«
»Da wir nicht mehr als die unzureichende Schilderung der Kinder haben, müssen wir diesen dürftigen Informationen nachgehen«, sagte Justus. »Ich schlage vor, dass wir Pablos Zaubertrick selbst ausprobieren. Peter?«

»Was ist mit mir?«
»Willst du es ausprobieren?«
»Warum denn ausgerechnet ich?«
»Warum denn ausgerechnet nicht?«
Peter stöhnte. »Also gut, meinetwegen. Der Schrank wird mich ja nicht auffressen, nehme ich an.«
Der Zweite Detektiv kletterte hinein und drehte sich zu seinen Freunden um. »Und nun?«
»Nun schließen wir die Tür«, sagte Justus. »Abrakadabra.«
Er machte die Tür zu.
Peter schrie gellend.
»Peter!«, rief Bob erschrocken und riss die Tür wieder auf.
Doch Peter war verschwunden.

Eingesperrt

Bob traute seinen Augen nicht. Der Schrank war leer, komplett leer! »Peter, wo bist du? Peter!!«
Von irgendwo her war ein Stöhnen zu vernehmen. Dann eine dumpfe Stimme: »Hier! Hier bin ich!«
»Wo ist hier?«
»Hier unten!«
Tatsächlich – Peters Stimme schien aus dem Bühnenboden zu dringen. Bob kniete sich hin und presste sein Ohr auf die Holzbretter. »Und wo ist hier unten?«
»Na, hier unten«, sagte Peter und fing zu Bobs Erstaunen an zu lachen. »Der Schrank hat eine Falltür. Die ist aufgeklappt, als ihr ihn zugemacht habt. Ich bin nach unten gesaust und auf einer Art Riesenkissen gelandet. Ihr müsst runterkommen und euch das ansehen!«
»Was ist denn da?«, wollte Justus wissen.
Peter schien nach Worten zu suchen. »Alles!«, sagte er schließlich. »Nun kommt schon!«
Justus wandte sich an Bob und machte eine einladende Geste Richtung Schrank. »Nach dir.«
»Und was ist mit dir?«
»Ich komme hinterher.«
»Und wenn wir da unten nicht mehr rauskommen?«
»Unlogisch. Pablo ist offensichtlich durch genau diese Falltür verschwunden. Es wird ganz sicher einen Ausgang geben.«
»Wie du meinst.« Bob stieg in den Schrank. »Achtung da unten, Peter!«, rief er. Dann schloss Justus die Tür. Bob keuch-

te hörbar, und als Justus die Tür wieder öffnete, war sein Freund ebenso verschwunden.

Nun betrat der Erste Detektiv den Schrank. »Alle Mann beiseite!«, rief er zur Warnung, bevor er von innen die Tür zuzog.

Der Boden klappte unter seinen Füßen weg. Justus fiel, aber nicht tief. Schon nach zweieinhalb Metern landete er weich auf einem hohen Kissen, groß wie ein Bett. Über ihm schloss sich die Falltür von allein. Justus rappelte sich auf, krabbelte von dem Polster herunter und sah sich staunend um.

Die drei ??? befanden sich in einem riesigen Kellerraum, so groß wie der Theatersaal über ihnen. Sonnenlicht drang in schmalen Streifen durch eine Reihe von Oberlichtern knapp unter der Decke. Um sie herum herrschte ein unglaubliches Durcheinander.

Überall waren kleine Tischchen voller seltsamer Utensilien: Zylinder, Handschuhe, Kristallkugeln, Vogelfedern, Kerzenständer, Zauberstäbe, Goldfischgläser, Kartenspiele, Gummibälle und Tücher – überall Seidentücher in allen erdenklichen Farben. In einer Ecke stand ein mit Stroh gefüllter Tierkäfig, der jedoch leer war.

An den Wänden hingen alte Plakate von berühmten Zauberern: Ein Künstler namens Kellar ließ eine Jungfrau schweben, ein anderer namens Houdini war mit schweren Ketten gefesselt. Zwischen den Plakaten waren Vorhänge drapiert.

In einer Ecke stand ein Himmelbett, gleich daneben ein Herd mit einer Spüle und einem Kühlschrank, umrahmt von Regalen mit Gewürzen. Ein offener Holzschrank war vollgestopft mit Bühnenkostümen.

»Fantastisch«, sagte Bob und trat durch einen Streifen Sonnenlicht, in dem der Staub tanzte. »Unser Zauberer scheint hier zu wohnen. Und zu arbeiten. Und sein Lagerraum ist es auch noch.«

»Und außerdem hat hier jemand herumgewühlt«, sagte Justus ernst.

»Tatsächlich?«, fragte Bob überrascht und nahm seine Umgebung genauer in Augenschein. Justus hatte recht: Was auf den ersten Blick wie das kreative Chaos eines Bühnenmagiers aussah, bekam auf den zweiten eine beunruhigende Note.

»Die Bücher dort liegen aufgeschlagen auf dem Boden, als hätte jemand sie einfach aus dem Regal gefegt«, bemerkte Justus. »Der Kasten da stand bestimmt auf dem Tisch. Der Deckel ist runtergefallen. Das würde man nicht so liegen lassen. Außerdem hat jemand die Sesselkissen auf den Boden geworfen.«

»Du hast recht, Just«, sagte Peter. »Der Raum ist durchsucht worden.«

»Meint ihr, hier war ein Einbrecher am Werk?«, fragte Bob, nahm ein schwarzes Seidentuch von einem Tisch und ließ es durch seine Finger gleiten.

»Möglich«, sagte Justus. Er zeigte auf eine Tür neben der Küchenzeile. »Da scheint der normale Eingang zu sein, wenn man sich nicht durch den Schrank hierherzaubern will.« Er ging hin und öffnete sie. Dahinter führte eine Treppe nach oben zu einer außerhalb der Gebäudemauern liegenden Kellerluke. Die Luke stand offen und frische Luft flutete herein. Justus besah sich die Tür von außen, doch sie wies keinerlei Einbruchsspuren auf. Langsam wanderte er durch den Raum.

»Das Rätsel, wie der Zauberer verschwinden konnte, haben wir ziemlich schnell gelöst. Aber angesichts der Tatsache, dass hier jemand herumgewühlt hat, sollten wir den Fall nicht zu schnell zu den Akten legen.«

»Wusste ich's doch«, maulte Peter. »Erst heißt es, es gebe keine Komplikationen, aber ehe man sich's versieht, sind die Strandpläne abgeblasen.«

»Zumindest aufgeschoben«, gestand Justus ein. »Aber du musst selbst zugeben, dass die ›sehr großen Schwierigkeiten‹, die du prophezeit hast, ausgeblieben sind.«

Der Zweite Detektiv wollte etwas sagen, doch da erklangen Schritte auf der Kellertreppe. Die drei ??? drehten sich um. In der Tür stand eine gedrungene Gestalt. Ihr Gesicht lag im Schatten.

Justus wollte das Wort erheben, doch da drehte sich der Fremde um und schlug die Tür zu. Er stürmte die Treppe hinauf und einen Augenblick später gab es oben einen dumpfen Knall.

»Er hat die Kellerluke zugeworfen!«, ahnte Justus.

Bob, der der Tür am nächsten stand, riss sie auf. Er rannte die Stufen hinauf und versuchte, die Luke aufzudrücken, doch sie ließ sich nicht bewegen.

»Er muss einen Riegel vorgeschoben haben!«, rief er seinen Freunden zu. Dann pochte er gegen die Luke über seinem Kopf. »He! Aufmachen! Lassen Sie uns raus! Halloooo!«

Aber niemand antwortete.

Sie hörten, wie jemand weglief. Ein Schatten huschte durch die Sonnenstrahlen, die durch die Oberlichter in den Raum fielen.

Bob gab seinen Versuch, die Luke zu öffnen, auf und kehrte zu den anderen zurück. »Er hat uns eingesperrt. Meint ihr, das war der Zauberer? Womöglich glaubt er, wir wären hier eingebrochen. Oder war es jemand anders?«
Justus zuckte mit den Schultern. »Schwer zu sagen.«
Peter seufzte tief. »Ich bin sehr froh, dass ich mit meiner Ahnung, wir würden in sehr große Schwierigkeiten geraten, absolut falschlag, Justus.«
»Na ja«, sagte Justus unbehaglich. »Als *sehr groß* würde ich die Schwierigkeiten nicht bezeichnen.«
»Nein«, sagte Peter ironisch. »Natürlich nicht.«
»Wie groß die Schwierigkeiten sind, könnt ihr später diskutieren«, ging Bob dazwischen. »Jetzt müssen wir hier erst mal rauskommen. Die Oberlichter sind vergittert, da können wir nicht durchklettern. Aber da vielleicht.« Er zeigte auf die Falltür über dem riesigen Kissen.
Peter stieg darauf. Doch auch als er sich streckte, konnte er nur mit den Fingerspitzen über die Luke streichen. Er nahm Bob, den Kleinsten von ihnen, auf die Schultern. Es war nicht ganz leicht, dabei noch die Balance auf dem weichen Kissen zu halten. Aber lange musste Peter es auch nicht bewerkstelligen, denn Bob stellte schnell fest, dass die Falltür von dieser Seite aus nicht zu öffnen war.
»Die ist irgendwo eingerastet, keine Ahnung«, meinte er. »Ich kann sie jedenfalls nicht aufziehen. Hier kommen wir nicht raus.« Er kletterte von Peters Schultern herunter und sagte hoffnungsvoll: »Vielleicht gibt es noch einen anderen Ausgang.« Er zeigte auf die zahlreichen Vorhänge, die an den Wänden hingen.

»Guter Gedanke, Bob«, meinte Justus und ging auf den Vorhang neben dem Sofa zu, der am ehesten so aussah, als könnte er einen geheimen Ausgang verbergen. Er zog ihn beiseite. Tatsächlich befand sich dahinter eine niedrige Holztür. »Ha!«, sagte Justus triumphierend, öffnete sie – und blickte auf ein Klo in einer winzigen Kammer. »Oh«, sagte er und schloss Tür und Vorhang wieder.

Bob lachte und trat an den nächsten Vorhang heran. Doch dahinter befand sich keine Tür, sondern eine Sammlung von Notizzetteln und vergilbten Zeitungsausschnitten, mit Reißzwecken an eine alte, gemusterte Tapete geheftet. Beherrscht wurde die Sammlung von einem uralten, halb zerrissenen Plakat. Darauf war ein Elefant zu sehen, und darunter stand in großen Buchstaben: »Caligarov lässt vor Ihren Augen einen leibhaftigen Elefanten verschwinden!«

Ein gellender Schrei ließ Bob herumfahren.

»Peter! Was ist passiert?«

»Da ... da war was!«, stammelte Peter.

»Wo?«, fragte Justus alarmiert.

»Unter dem Stuhl! Irgendwas! Es hat sich bewegt!«

Justus näherte sich vorsichtig dem über und über mit Kleidern behängten Stuhl.

Er war auf zwei Schritte herangekommen, als etwas kleines Weißes darunter hervorschoss. Auch Justus erschrak. Aber dann lachte er.

Langsam und vorsichtig ging er in die Ecke, in der sich das Ding verkrochen hatte, hob es hoch und präsentierte es den anderen.

»Ein Kaninchen«, sagte Peter und atmete erleichtert auf.

Bob streichelte dem Tier über die Nase. »Der Ärmste hatte Angst vor uns.«

»Das Kaninchen erklärt den leeren Käfig da drüben«, meinte Justus, trug es hinüber und setzte es hinein. Es machte sich sogleich daran, den Salat zu fressen, der zwischen den Gitterstäben klemmte.

»Nachdem wir die weiße Kuschelbestie des Todes bezwungen haben, wenden wir uns am besten wieder der Suche nach einem Ausgang zu«, sagte Justus. Er ging zu einem weiteren Vorhang, der sich an einer Wand in den Raum wölbte, und zog ihn beiseite. Dahinter führte eine schmale eiserne Wendeltreppe nach oben. Justus stieg hinauf, kam aber schon wenige Sekunden später zurück. »Die Treppe führt hinter die Bühne. Da ist ein weiterer Vorhang. Durch den wäre Pablo vermutlich zurück vor sein Publikum getreten – wenn er nicht verschwunden wäre. Auf jeden Fall ist das unser Ausgang. Was haltet ihr davon, wenn –«

Peter hob abrupt die Hand und brachte den Ersten Detektiv zum Schweigen. »Hört ihr das?«, flüsterte er.

Motorengeräusch näherte sich. Kurz darauf hielten mindestens zwei Autos draußen vor dem Haus. Wagentüren klappten zu und Stimmen waren zu hören. Die drei ??? eilten zu den Oberlichtern und blickten nach draußen. Doch sie sahen nur schwarze Hosenbeine und Schuhe.

»Sollen wir abhauen?«, fragte Peter besorgt.

»Nicht nötig«, sagte Justus. »Ich hege den starken Verdacht, dass es die Polizei ist.«

Sie hörten, wie die Kellerluke geöffnet wurde. Jemand kam die Treppe herunter. Dann wurde die Tür aufgestoßen.

»Stehen bleiben!«, brüllte ein uniformierter Mann und richtete seine Pistole auf sie. Ein zweiter, ein dritter und ein vierter Polizist folgten und innerhalb weniger Sekunden waren die drei ??? umstellt. »Hände hinter den Kopf und auf die Knie!«, schrie einer der Männer.

»Sir«, begann Justus, »lassen Sie mich in aller Ruhe und Klarheit dieses Missverständnis –«

»Auf die Knie!!«, brüllte der Polizist wieder, und noch ehe Justus reagieren konnte, wurde er unsanft nach vorn gestoßen. Jemand drückte ihm in die Kniekehlen, Justus ging zu Boden, seine Arme wurden auf den Rücken gezerrt und eine Sekunde später schlossen sich Handschellen um seine Gelenke.

Der Zauberlehrling

Auch Peter und Bob bekamen Handschellen verpasst. Dann wurden sie die Treppe hinauf nach draußen auf den Parkplatz geführt, wo die blendende Sonne sie empfing.
»Und?«, raunte der Zweite Detektiv Justus zu. »Sind dir die Schwierigkeiten jetzt groß genug? Oder wäre es dir lieber, wenn noch irgendwo eine Bombe explodiert?«
An einem der beiden Polizeiwagen, zu denen sie gebracht wurden, stand ein Junge ungefähr in ihrem Alter. Er war ein wenig pummelig, hatte rotbraune Locken und ein paar Sommersprossen auf der Stupsnase. Anscheinend unbewusst spielte er in seiner rechten Hand mit einer Münze. Sie rollte über seine Fingerknöchel, verschwand, tauchte wie aus dem Nichts wieder auf und setzte ihren Tanz fort. Doch der Junge sah überhaupt nicht hin, sondern starrte die drei ??? an.
»Das sind sie!«, rief er aufgeregt. »Das sind die drei Einbrecher, die ich da unten eingesperrt habe!«
»Das haben wir uns schon gedacht«, erwiderte einer der Polizisten spöttisch. »Es war ja sonst niemand da.«
»Ich wiederhole es gern noch mal, Sir, wir sind keine Einbrecher«, sagte Justus. »Wir waren lediglich auf der Suche nach Pablo, dem Zauberer.«
»Sie haben da unten alles verwüstet!«, hielt der Junge dagegen.
»Das haben wir nicht«, sagte Justus. »Verwüstet war es schon vorher.«
Doch die Polizisten schienen gar nicht richtig zuzuhören.

»Wir nehmen jetzt erst mal die Personalien auf«, sagte der eine gelangweilt. »Könnt ihr euch ausweisen?«

»Ich könnte, wenn Sie mir die Handschellen abnähmen«, sagte Justus säuerlich.

»Sag mir einfach, wo dein Ausweis ist.«

»In der hinteren Hosentasche.«

Kurz darauf hatte der Polizist die Visitenkarte der drei ??? in der Hand. Er runzelte die Stirn und stieß seinen Kollegen an. »Sag mal, sind das nicht die Burschen, von denen dieser Cotta aus Rocky Beach immer redet?«

Der andere nickte. »Vielleicht sollte er besser herkommen.«

Justus seufzte erleichtert. Inspektor Cotta war ein Freund von ihnen. Oder wenigstens so etwas Ähnliches. Er würde sie aus dieser unangenehmen Situation befreien.

Die Polizisten verständigten das Präsidium über Funk, und da Rocky Beach nicht weit war, hielt Inspektor Cottas Wagen schon zehn Minuten später neben ihnen. Cotta stieg aus und schlenderte betont langsam auf die drei Detektive zu.

»Drei jugendliche Einbrecher?«, wandte er sich fragend an den Polizisten, der Justus die Handschellen angelegt hatte. »Und wozu brauchen Sie da mich, Johnson?«

»Mir war so, als würden Sie die drei kennen, Inspektor Cotta. Und die Jungs haben das auch bestätigt.«

Cotta nickte gelassen. »Ja, ich kenne sie. Aber was tut das zur Sache? Ein Einbruch ist ein Einbruch, oder? Und wenn die drei dabei auf frischer Tat ertappt wurden – dann sollten Sie nun die nächsten Schritte einleiten.«

»Aber Inspektor Cotta!«, rief Peter erschrocken. »Sie wissen doch, dass wir keine Einbrecher sind!«

Cotta wandte sich das erste Mal den drei ??? zu. »Genau genommen weiß ich das Gegenteil, Peter. Ich weiß, dass ihr ständig und fortwährend und bei jeder sich bietenden Gelegenheit fremde Grundstücke betretet, euch unbefugt Zutritt zu Privatgelände verschafft und eure Nase in anderer Leute Angelegenheit steckt. Das ist es, was ich weiß.«
»Aber wir haben doch gar nichts –«
»Ihr seid in dieses Haus eingebrochen!«, donnerte Cotta und schlagartig war es mit seiner Gelassenheit vorbei.
»Aber die Tür stand doch offen«, sagte Peter kleinlaut.
»Die Tür stand offen!«, höhnte Cotta. »Die Tür stand offen! Das ist natürlich in den Augen der drei unschlagbaren Detektive gleichbedeutend mit einer herzlichen Einladung, hineinzuspazieren und sich erst mal ausgiebig umzusehen! Was habt ihr denn da unten überhaupt zu suchen gehabt? Halt, nein, ich will es gar nicht wissen.«
»Wir waren lediglich auf der Suche nach dem Hausherrn«, erklärte Justus. »Und zwar oben im Theatersaal. Dass wir in seinen privaten Wohnräumen landeten, war eher ein Zufall.«
»Ein Zufall«, wiederholte Cotta. »Natürlich. Wisst ihr was? Ich freue mich auf den Tag, an dem ihr drei euch ein Stück zu weit aus dem Fenster lehnt. Dann werde ich euch nämlich einsperren. Eine Woche lang. Und beim nächsten Mal zwei Wochen lang. Und beim dritten drei. So lange, bis ihr es endlich lernt.« Er nickte seinem Kollegen zu. »Nehmen Sie ihnen die Handschellen ab.«
Kurz darauf waren die drei ??? ihre Fesseln los.
»Und wer bist du?«, fragte der immer noch wütende Inspektor den Jungen, der die Polizei alarmiert hatte.

»Ich heiße Quinn Rhymer«, sagte dieser kleinlaut und ließ die Münze verschwinden. »Ich habe die Polizei angerufen.«
»Und, wurde was gestohlen?«
»Ich … ich weiß es nicht. Ich wohne hier nicht. Mr Rodriguez ist nur ein Freund von mir.«
»Und wer ist Mr Rodriguez?«
»Pablo Rodriguez, der Zauberer. Ihm gehört das Theater. Und er wohnt da unten.«
»Dann sag Mr Rodriguez, dass er sich bei uns melden soll, wenn es tatsächlich einen Einbruch gab. Wenn nicht, dann soll er mich bitte verschonen. Und ihr drei …« Er trat drohend vor die drei Detektive. »… werdet das nächste Mal zu gemeinnütziger Arbeit verdonnert. Dann dürft ihr Müll im Stadtpark sammeln, darauf habt ihr mein Wort. Und jetzt marsch nach Hause!« Cotta wedelte unwirsch mit den Händen, stiefelte zu seinem Wagen und fuhr davon. Zwei Minuten später waren auch die anderen Polizisten weg. Zurück blieben die drei ??? und der Junge namens Quinn.
»Ich … ich habe nicht ganz verstanden, wovon der Inspektor geredet hat«, wandte sich Quinn ein wenig scheu an sie.
»Nur, dass ihr keine Einbrecher seid.«
Justus nickte. »Wir sind Detektive. Ich bin Justus Jonas und das sind Peter Shaw und Bob Andrews. Wir waren hier, weil wir den Auftrag bekamen, Pablo, den Zauberer, zu suchen. Pablo Rodriguez.«
Quinn runzelte die Stirn. »Den Auftrag? Von wem?«
Der Erste Detektiv erklärte es ihm.
»Und dann sind wir in den Schrank gestiegen und landeten auf einmal im Keller«, erzählte Peter das Ende der Geschich-

te.«Da war aber schon alles verwüstet. Fünf Minuten später tauchtest du auf.«

»Aber wo *ist* Pablo denn?«, fragte Quinn verwirrt. »Wieso sollte er mitten in der Vorstellung verschwinden?«

»Das wissen wir nicht.«

Der Junge setzte sich abrupt in Bewegung und ging auf die Rückseite des Hauses. Besorgt kam er zurück. »Sein Auto ist weg. Das ergibt doch alles keinen Sinn.« Er zog sein Handy aus der Tasche. Nach ein paar Sekunden schien er eine Mailbox am anderen Ende zu haben. »Hallo, Pablo, hier ist Quinn. Wo steckst du? Hier sind drei Jungen, die sagen, dass du mitten in einer Vorstellung abgehauen wärst. Und die Polizei war auch schon da. Melde dich doch mal!« Er legte auf, sichtlich verstört. »Ich verstehe das nicht.«

»Wir verstehen es auch nicht«, sagte Bob. »Deshalb versuchen wir ja, das Geheimnis zu lüften.«

»Tut mir leid, dass ich euch eingesperrt habe. Ich konnte ja nicht wissen …«

Bob winkte ab. »Schon gut. Aber du könntest uns helfen.«

Quinn hob ratlos die Schultern. »Ich kann mir das nicht erklären, was die Schulkinder erzählt haben. Ich kenne die Show, die Pablo vor Schulklassen aufführt. Dazu gehört auch die Nummer, dass er in den Schrank klettert und verschwindet. Aber normalerweise kommt er natürlich zurück. Er steigt die Wendeltreppe hinauf und tritt durch den hinteren Vorhang wieder auf die Bühne. Die Kinder sind dann immer ganz überrascht. Irgendetwas muss passiert sein. Und wenn ihr das Chaos da unten nicht verursacht habt … ist er vielleicht überfallen worden!«

»Würde dir denn jemand einfallen, der Grund hätte, das zu tun?«, fragte Justus.

Quinn schüttelte langsam den Kopf.

»Wie gut kennst du Mr Rodriguez?«

»Schon ganz gut, würde ich sagen. Ich bin sein Assistent. Und sein Lehrling.«

»Du lernst zaubern?«, fragte Peter. »Du hattest da vorhin eine Münze …«

»Ach, du meinst diese hier«, sagte Quinn, griff hinter Peters Ohr und hatte plötzlich einen Vierteldollar in der Hand. »Oder, nein, wahrscheinlich eher diese.« Nun griff er hinter sein eigenes Ohr und zog ein zweites Geldstück hervor. Er hielt die Münzen zwischen Daumen und Zeigefinger, eine links, eine rechts. Dann führte er sie blitzschnell zusammen und da war es plötzlich nur noch eine. Die warf er in die Luft – und weg war sie.

Peter riss die Augen auf. Natürlich hatte er solche Tricks schon mal gesehen. Aber noch nie aus nächster Nähe. Er hatte immer gedacht, dass er sie sofort durchschauen würde, sobald er mal die Gelegenheit dazu hatte. Aber das war nicht der Fall. »Wie hast du das gemacht?«

»Zauberei.« Quinn grinste schief. »Ich war ungefähr zwölf, als ich zum ersten Mal in einer von Pablos Vorstellungen war. Damals war das Theater ganz neu, er hatte diese Bauruine gekauft und den Rest selbst gemacht. Ich war begeistert und lag danach meinen Eltern in den Ohren, sofort noch einmal mit mir herzukommen. Und dann noch mal und noch mal. Da wir nicht weit entfernt wohnen, ging ich irgendwann allein hierher. Pablo kannte mich inzwischen und

ließ mich umsonst rein. Dann wollte ich selbst zaubern können. Also besorgte ich mir Bücher und fing an zu üben. Als ich älter wurde, habe ich Pablo in den Ferien manchmal geholfen, wenn er am Haus gebastelt hat oder so. Nach und nach sind wir Freunde geworden. Und er hat angefangen, mir Tricks beizubringen. Ich bin dieses Jahr mit der Highschool fertig geworden. Aber ich gehe nicht aufs College, ich will Zauberer werden. Also arbeite ich jetzt nebenbei für Pablo, organisiere Auftritte und Schulvorstellungen und so. So wie für die beiden Schulklassen heute Morgen.«
»Warum bist du heute hergekommen?«, fragte Justus.
»Ich wollte ein paar Termine mit ihm absprechen. Ich war davon ausgegangen, dass er zu Hause ist. Aber dann wart plötzlich ihr da unten. Ich habe kein gutes Gefühl bei der ganzen Sache. Pablo würde niemals einfach so eine Vorstellung abbrechen! Da muss etwas passiert sein! Ich hätte das dem Inspektor sagen sollen. Der muss was unternehmen!«
Justus nickte nachdenklich. »Das Problem ist, dass er das nicht tun wird, solange es kein eindeutiges Indiz für eine Straftat gibt. Bislang haben wir es nur mit einer unordentlichen Wohnung zu tun.«
»Aber Pablo ist verschwunden!«
»Er ist lediglich nicht zu Hause. Was ja kein Verbrechen ist. Du könntest ihn als vermisst melden. Aber nachgehen wird man dem frühestens in ein paar Tagen. Das, was wir haben, reicht für die Polizei nicht aus, um Ermittlungen einzuleiten. Für uns hingegen schon.«
Quinn sah ihn fragend an. »Ihr wollt ermitteln? Das meint ihr wirklich ernst, oder?«

»Wir haben den Fall ja bereits angenommen«, sagte Justus. »Die Frage ist, ob du uns helfen willst.«
Quinn nickte.
»Gut. Dann schlage ich vor, dass wir in die Wohnung zurückkehren und du uns sagst, ob dir etwas Besonderes auffällt.«
Sie gingen zur Kellerluke und stiegen die Stufen hinunter ins Untergeschoss.
Besorgt ging Quinn durch die Wohnung und sah sich um. »Hier einzudringen war für den Täter wahrscheinlich kein Problem«, erklärte er. »Die Tür ist meist nicht abgeschlossen. Und die Kellerluke steht eigentlich immer offen.«
»Es könnte also folgendermaßen gewesen sein«, überlegte Bob. »Der Einbrecher verschafft sich über die Kellertreppe Zutritt, während Pablo oben im Theater seine Vorstellung gibt. Doch dann präsentiert er seinen Verschwindetrick, steigt in den Schrank, landet auf dem Kissen und überrascht den Einbrecher. Es kommt zum Kampf und schließlich …«
»Wird er entführt!«, keuchte Quinn erschrocken.
»Oder er ergreift die Flucht. Du hast gesagt, dass auch sein Auto weg ist.«
»Aber dann wäre er doch zur Polizei gegangen!«
Justus schüttelte langsam den Kopf. »Dieses Chaos hier sieht mir nicht nach einem Kampf aus, sondern als hätte jemand etwas gesucht. Hast du eine Idee, worauf der Einbrecher es abgesehen haben könnte, Quinn? Besitzt Mr Rodriguez etwas Wertvolles? Oder hat er vielleicht eine größere Menge Bargeld hier versteckt?«
Quinn schüttelte langsam den Kopf. »Pablo verdient mit sei-

nen Schulvorstellungen nicht so viel Geld. Er kann sich gerade so über Wasser halten.« Doch dann fiel ihm etwas ein. »Aber er hat ein Geheimversteck! Er hat es mir nie gezeigt, aber ich habe es mal zufällig von draußen durch die Oberlichter beobachtet.«
»Und wo ist dieses Geheimversteck?«, fragte Peter geradeheraus.
Quinn zögerte kurz, als wäre er nicht sicher, ob er den drei ??? so viel Vertrauen schenken wollte. Doch dann ging er zu dem Plakat mit dem Elefanten. Er zupfte die beiden Reißzwecken, mit denen die unteren Ecken befestigt waren, ab und hob das Plakat hoch. Dahinter war eine etwa dreißig mal dreißig Zentimeter große Klappe in die Wand eingelassen.
Neugierig traten die drei Detektive näher. Quinn zog an einem kleinen Messingring und öffnete die Klappe. Ein Hohlraum kam zum Vorschein, gerade mal eine Handspanne tief. Doch er war leer.
»Hast du eine Ahnung, was Mr Rodriguez da drin versteckt hatte?«, fragte Justus.
Quinn schüttelte den Kopf. »Ich habe ihn nie auf das Versteck angesprochen.«
»Was immer es war – wenn überhaupt etwas darin war –, jetzt ist es nicht mehr da.« Justus schloss die Klappe wieder. Sie verließen den Kellerraum und kehrten zurück nach draußen.
»Wir werden wieder nach Rocky Beach fahren und uns überlegen, wie wir weiter vorgehen«, kündigte Justus an. »Falls dir noch etwas einfällt, das von Bedeutung sein könnte, ruf uns bitte an, Quinn.« Justus reichte ihm ihre Visitenkarte.

»Mach ich. Wir können ein Stück zusammen fahren, ich wohne in Pacific Palisades, daran müsst ihr auf dem Weg nach Rocky Beach sowieso vorbei.«

Sie gingen zusammen zu ihren Fahrrädern, da fiel Quinn noch etwas ein. Er bog um die Hausecke und kramte zwischen ein paar zerbrochenen Blumentöpfen herum, die neben der Zirkuszeltbefestigung auf dem Boden standen. Er zog einen Schlüsselbund dazwischen hervor. »Das sind Pablos Ersatzschlüssel. Er hat mir das Versteck mal verraten. Ich werde die Kellertür und den Theatereingang abschließen.«

»Gute Idee«, meinte Bob.

Quinn verschloss beide Türen, während die drei ??? auf ihn warteten. Danach probierte er noch einmal, Pablo anzurufen. Doch wieder ging nur die Mailbox ran.

Während Quinn ein zweites Mal draufsprach, sah Bob den einsamen Weg hinunter. Er fragte sich, wo wohl die nächsten Nachbarn wohnten und ob es sich lohnen würde, dort nach Pablo zu fragen. Sein Blick fiel auf die den Canyon säumenden Berge, die sich hier aus der Küstenebene erhoben. Über den östlichen Bergkamm schlängelte sich die Straße Richtung Encino. Plötzlich wurde das Sonnenlicht von irgendetwas reflektiert. Bob kniff die Augen zusammen. Dort oben stand ein Wagen, direkt am Abhang. Ein Mann mit einer Sonnenbrille saß am Steuer. Er starrte durch das geöffnete Fahrerfenster zu ihnen herab. Die Brillengläser spiegelten das Sonnenlicht.

Als der Fremde bemerkte, dass Bob ihn ansah, ließ er den Wagen an und fuhr davon.

Der Fremde im Spiegel

Die drei ??? brachten Quinn nach Hause, bevor sie selbst zum Schrottplatz weiterfuhren. Dort zogen sie sich sofort in ihre Zentrale zurück.
Die Zentrale war das Hauptquartier der drei Detektive, ein ausrangierter Campinganhänger, der in der hinteren Ecke des Geländes von Bergen aus Altmetall und Schrott vor neugierigen Blicken geschützt war und nur durch eine Reihe von geheimen Eingängen betreten werden konnte.
Ein alter Kühlschrank, den die drei ??? das Kalte Tor nannten, war einer dieser Eingänge. Justus, Peter und Bob öffneten die Kühlschranktür und gelangten durch die aufklappbare Rückwand in die Zentrale. Hier hatten sie im Laufe der Zeit alles angehäuft, was sie für ihre Detektivarbeit benötigten. Sie hatten einen Computer und einen eigenen Telefonanschluss, jede Menge Detektivausrüstung, Berge von Büchern und Akten und natürlich gemütliche Sessel vom Schrottplatz. Tante Mathilda und Onkel Titus hatten die Sessel wegen des zerschlissenen Bezugs und der durchgesessenen Polster irgendwann für unverkäuflich erklärt und so waren sie in die Zentrale gewandert.
In einen von ihnen ließ Bob sich nun fallen.
»Bist du dir wirklich sicher, dass der Mann uns beobachtet hat?«, nahm Justus das Gespräch wieder auf, das sie auf dem Weg hierher geführt hatten.
»Ziemlich«, sagte Bob. »Erst dachte ich, es wäre einfach ein Autofahrer, der kurz angehalten hat, um sich das Theater

von oben anzusehen. Aber wie er dann plötzlich wegsah und Gas gab, als ich ihn bemerkte – das war schon sehr auffällig.«
»Wie sah der Typ denn aus?«, wollte Peter wissen.
Bob zuckte mit den Schultern. »Ich habe absolut keine Ahnung. Es war ja ziemlich weit weg. Er saß im Auto und trug eine Sonnenbrille. Und er hatte … Haare. Helle Haare.«
»Das engt den Kreis der Verdächtigen natürlich ungemein ein«, sagte Justus trocken. »Und das Auto?«
»War auf jeden Fall schon etwas älter. Es war weiß und hatte diese hässlichen Holzfurniertüren, die es früher mal gab. Ein Dodge vielleicht. Auf jeden Fall ein Kombi.«
»Na schön«, sagte Justus. »Behalten wir diesen geheimnisvollen Beobachter mal im Hinterkopf. Konzentrieren sollten wir uns aber zunächst auf etwas anderes.«
»Auf was denn?«, wollte Peter wissen. »Ich frage mich schon die ganze Zeit, wie wir eigentlich ermitteln wollen. Der Zauberer Pablo ist verschwunden und wir haben nicht die geringste Spur, die wir verfolgen können.«
»Nein, aber wir haben Zeugen«, sagte Justus. »Die beiden Schulklassen.«
»Mit denen hast du doch schon gesprochen«, meinte Bob.
Der Erste Detektiv schüttelte den Kopf. »Nur mit der einen. Aber es gibt noch die Parallelklasse von Mrs Kato. Mrs Thompson, die mit ihren Kindern heute bei mir war, hat mir die Nummer ihrer Kollegin gegeben. Ich werde mal anrufen.«
Kurz darauf hatte er Mrs Kato am Apparat. »Ja, bitte?«
»Guten Tag, Mrs Kato, mein Name ist Justus Jonas. Mrs Thompson war so nett, mir Ihre Nummer zu geben. Verzei-

hen Sie bitte die Störung, ich habe eine kurze Frage an Sie. Sie waren doch heute Vormittag mit Ihrer Klasse in einer Vorstellung von Pablo, dem Zauberer, richtig?«
»Ja, das stimmt.«
»Ihre Kollegin erzählte mir, was dort passiert ist. Dass der Zauberer einfach verschwand und nicht wieder auftauchte.«
»Ja, richtig. Die Kinder waren ganz verstört. Unmöglich finde ich so etwas. Was bildet dieser Mann sich nur ein?«
»Es ist so, Madam: Meine Kollegen und ich sind Detektive und haben Grund zu der Annahme, dass das Verschwinden von Pablo nicht geplant war. Wir stellen gerade Ermittlungen dazu an und das ist auch der Grund meines Anrufs. Haben Sie zufällig etwas Verdächtiges oder Auffälliges beobachtet? Vor der Show, während der Show oder danach?«
»Etwas Auffälliges beobachtet? Nein, nicht dass ich wüsste.«
»War außer Pablo noch jemand im Theater, der nicht zu Ihrer Schule gehörte?«
»Ich habe niemanden gesehen. Aber ich habe das Verschwinden gefilmt. Würde euch das weiterhelfen?«
Justus horchte auf. »Sie haben gefilmt, wie Pablo in den Schrank stieg?«
»Ja. Ich wollte das für den Unterricht benutzen. Die Kinder raten lassen, wie er das mit dem Verschwinden gemacht hat.«
»Dürften wir diesen Film sehen, Madam? Das wäre uns eine große Hilfe!«
»Aber natürlich, das ist kein Problem.«
Mrs Kato gab Justus ihre Adresse, und nachdem der Erste Detektiv aufgelegt hatte, erhob er sich mit Schwung vom Stuhl. »Auf geht's, Kollegen! Wir haben eine erste Spur!«

Mrs Kato wohnte nicht weit entfernt in einer der schickeren Vorstadtgegenden mit schönen Gärten und gepflegten Rasenflächen. Die Lehrerin war eine ältere Dame, augenscheinlich nur noch wenige Jahre vor der Pensionierung. Sie bat die drei ??? in ihr Haus und überraschte die Jungen damit, dass sie einen ultraflachen modernen Laptop auf dem Wohnzimmertisch einschaltete und danach eine drahtlose Verbindung zu ihrem brandneuen Handy herstellte, mit dessen Kamera sie im Theater gefilmt hatte.

»Und ihr drei seid also Detektive?«, fragte sie, während die Daten übertragen wurden.

Justus nickte und war schon auf die übliche Skepsis gefasst, mit der Erwachsene ihnen oft begegneten. Doch stattdessen las er in Mrs Katos Gesicht große Offenheit und Neugier.

»Ich finde es sehr lobenswert, dass es noch junge Menschen gibt, die sich lieber mit den Geheimnissen unserer Welt befassen, anstatt den ganzen Tag Computerspiele zu spielen oder anderes sinnloses Zeug zu tun. Ein Zauberer, der verschwindet, obwohl er gar nicht verschwinden wollte – das ist doch ein faszinierendes Rätsel!«

Mit ein paar routinierten Klicks startete Mrs Kato das Video. Neugierig beugten sich Justus, Peter und Bob vor.

Pablo Rodriguez stand zusammen mit einem Jungen aus dem Publikum auf der Bühne. Der Zauberer war ein kleiner, drahtiger Mann Mitte fünfzig, der einen schwarzen Anzug trug. Er hatte einen Schnurr- und einen spitzen Kinnbart. Das graue, aber volle Haar quoll unter einem Zylinder hervor und reichte ihm bis fast zur Schulter. Aus seinen Augen sprach Begeisterung für das, was er tat.

Gerade zeigte er dem Jungen einen Stapel Spielkarten und legte sie auf den Bühnentisch. »Daraus ziehst du jetzt eine Karte. Du kannst sie dir in Ruhe aussuchen und deinen Klassenkameraden zeigen. Ich gucke auch nicht hin. Danach steckst du sie wieder irgendwo in den Stapel, okay?«
Der Junge nickte schüchtern.
Pablo ging zum anderen Ende der Bühne, kehrte dem Jungen demonstrativ den Rücken zu und schloss die Augen. Der Junge suchte sich eine Karte aus, die er den anderen Kindern zeigte. Es war die Kreuz Acht. Dann steckte er die Karte zurück, achtete sorgfältig darauf, dass sie ganz im Stapel verschwand, und legte diesen wieder auf den Tisch.
»Fertig?«, fragte Pablo.
»Ja«, sagte der Junge.
Pablo drehte sich um, öffnete die Augen – und in dem Moment passierte etwas Unerwartetes. Sein Blick wanderte flüchtig durch das Publikum und blieb kurz irgendwo hängen. Plötzlich weiteten sich seine Augen und für einen winzigen Moment sah er sehr erschrocken aus. Doch dann hatte er sich wieder im Griff, ging zu dem Tisch mit den Karten und wollte sie in die Hand nehmen. Aber scheinbar versehentlich wischte er die Karten vom Tisch herunter. Blitzschnell riss er sich den Zylinder vom Kopf und hielt ihn unter die vom Tisch fallenden Karten, sodass alle im Hut landeten. Die Kinder lachten. Pablo wischte sich gespielt den Schweiß von der Stirn und griff in den Zylinder, um die Karten wieder herauszuholen. Aber anscheinend waren da keine mehr. Er wühlte mit fragendem Gesicht im Hut herum. Schließlich drehte er ihn sogar um und schüttelte ihn. Eine

einzelne Karte segelte heraus. Es war die Kreuz Acht. Die Kinder applaudierten. Der Junge nickte verblüfft und wurde mit einem Lächeln von Pablo von der Bühne geschickt.
Wieder sah Pablo ins Publikum, wieder huschte ein Ausdruck von Angst über sein Gesicht. »Und nun, mein sehr verehrtes Publikum, werde ich mich umziehen müssen!«, verkündete er und trat zu dem großen Spiegelschrank auf der Bühne. Er öffnete ihn. Der Schrank war leer, was schon für Belustigung sorgte. Pablo tat so, als würde er trotzdem verzweifelt darin nach Kleidung suchen. Schließlich kletterte er ganz in den Schrank hinein. Die Tür schien von alleine zuzufallen. Die Kinder lachten, weil sie wohl einen lustigen Befreiungsversuch des Zauberers erwarteten.
Aber der passierte nicht. Nichts passierte. Die Kinder kicherten gespannt, doch nach einer Minute kippte die Stimmung und Unsicherheit machte sich im Saal breit. Schließlich wurde der Junge, der schon den Kartentrick mitgemacht hatte, von Mrs Thompson zurück auf die Bühne geschickt und öffnete vorsichtig den Schrank. Pablo war weg und Gemurmel wurde im Saal laut.
An dieser Stelle endete der Film.
»Ich habe die Aufnahme abgebrochen, weil die Kinder unruhig wurden«, erklärte Mrs Kato. »Aber jetzt, da ich mir das noch mal angesehen habe, ist mir etwas aufgefallen.«
»Pablo sieht etwas im Publikum«, kam Bob ihr zuvor. »Etwas, das ihn erschreckt.«
»Oder jemanden«, fügte Justus hinzu.
»Ich sehe, ihr versteht etwas von eurem Handwerk«, sagte Mrs Kato.

»Ich glaube, ich habe ein weiteres Detail entdeckt«, sagte Justus und griff zur Maus. »Darf ich?«
»Nur zu«, ermunterte Mrs Kato ihn.
Justus spielte noch einmal die Stelle ab, in der Pablo mit dem Schrank beschäftigt war. »Da! Habt ihr es gesehen?«
Peter runzelte die Stirn. »Was denn gesehen?«
»Achte auf die Tür!«, riet Justus ihm und ging ein weiteres Mal zurück.
In dem Moment, in dem Pablo die verspiegelte Schranktür öffnete, machte das Spiegelbild einen Schwenk durch den Zuschauerraum. Er dauerte nur eine halbe Sekunde. Aber das reichte.
»Da steht jemand!«, rief Peter. »Ganz hinten, noch hinter der letzten Stuhlreihe!«
Justus spielte den Augenblick erneut ab, diesmal in Zeitlupe.
»Ein Mann«, murmelte Bob. »Ein großer Mann. Es ist zu dunkel, um sein Gesicht oder seine Haarfarbe zu erkennen. Aber er hat eine Sonnenbrille in die Haare geschoben. Es könnte der Typ sein, der uns beobachtet hat!«
»Das ist seltsam«, murmelte Mrs Kato. »Ich hatte gar nicht bemerkt, dass außer uns noch jemand im Saal war.«
»Er muss ihn während der Vorstellung betreten haben«, mutmaßte Justus. »Und seht ihr, da ist noch etwas. Hinter dem Mann an der Wand. Etwas Weißes. Es sieht aus, als würde dort etwas hängen. Aber man kann nicht erkennen, was es ist.«
»Du hast recht«, stimmte Peter zu. »Aber es ist einfach zu dunkel auf dem Video.«
Justus wandte sich an seine Kollegen. »Wir sollten noch ein-

mal zum Theater fahren und den Saal unter die Lupe nehmen. Wenn wir gleich losfahren, schaffen wir es vielleicht noch, bevor es dunkel wird.«

»Das Theater ist abgeschlossen«, erinnerte Peter ihn.

»Wir fahren bei Quinn vorbei und bitten ihn, mitzukommen.«

»Haltet mich auf dem Laufenden«, bat Mrs Kato, während sie die drei zur Tür begleitete. »Ich würde zu gern wissen, was hinter dem Verschwinden des Zauberers steckt.«

»Machen wir«, versprach Justus.

Eilig brachen die drei ??? auf. Die Sonne war gerade untergegangen. Als sie in die Straße einbogen, in der Quinn mit seinen Eltern wohnte, erhellte nur noch dunkelblaues Dämmerlicht die Umgebung.

»Hoffentlich ist Quinn zu Hause«, sagte Bob. »Wir hätten vielleicht anrufen sollen.«

»Wir werden sehen«, meinte Justus, als das Haus in Sicht kam.

Sie steuerten gerade auf die Garageneinfahrt zu, als sie plötzlich einen gedämpften Hilfeschrei hörten.

»Da!«, rief Peter. »Bei den Mülltonnen!«

Im Schatten einer dicken Eiche am Straßenrand rangen zwei Gestalten miteinander. Die deutlich größere und kräftigere von beiden hielt die kleinere im Schwitzkasten.

»Das ist Quinn! Er wird überfallen!« Der Zweite Detektiv trat in die Pedale und hielt genau auf die beiden zu.

Hasentod

Der Angreifer bemerkte Peter erst, als der Lichtkegel seiner Fahrradlampe ihn und Quinn erfasste. Der Mann sah erschrocken auf und kniff die Augen zusammen, als er geblendet wurde.
Der Zweite Detektiv sprang vom Fahrrad und stürzte auf den Fremden zu, ohne nachzudenken. Im letzten Moment drehte sich Peter zur Seite und rammte dem Mann die Schulter gegen die Brust.
Der taumelte keuchend zurück und ließ Quinn los.
»Peter!«, rief Quinn und suchte Deckung hinter dem dicken Baumstamm. »Pass auf, der Typ ist gefährlich!«
Der Mann baute sich breitbeinig und mit vorgebeugtem Oberkörper wie ein Ringer vor Peter auf. Er war etwa Mitte dreißig, hatte rotblondes, gescheiteltes Haar, rote Bartstoppeln und helle Haut. Ein gemeines Grinsen kroch über sein Gesicht. Er schien zu warten, dass Peter ihn angriff. Doch der Zweite Detektiv hatte nichts dergleichen vor. Der Kerl war gut einen Kopf größer als er und hatte Schultern wie ein Gorilla. Gegen ihn hätte Peter keine Chance.
Mit pochendem Herzen wartete Peter ab. Dann endlich hörte er Bob und Justus sich von hinten nähern.
Der Gesichtsausdruck des Fremden wandelte sich. Er wurde unsicher.
»Bob, ruf die Polizei«, sagte Justus.
Der dritte Detektiv zog sein Handy aus der Tasche.
Zusammen mit Quinn waren die Jungen zu viert. Deshalb

rechnete niemand von ihnen mit einem Angriff. Doch plötzlich sprang der Mann nach vorn, machte einen Satz auf Bob zu und schlug ihm das Handy aus der Hand. In hohem Bogen flog es durch die Nacht und landete in einer Hecke.
Dann drehte sich der Kerl um und rannte los, die Straße hinunter.
»Hinterher!«, rief Peter und nahm die Verfolgung auf. Der Mann war schnell. Doch Peter konnte Schritt halten. Allerdings war er der Einzige. Die anderen blieben schon nach wenigen Sekunden hinter ihm zurück.
Plötzlich wich der Mann nach rechts aus und kürzte den Weg in eine abbiegende Straße ab, indem er durch einen Vorgarten rannte und elegant über einen Zaun sprang. Peter sprang hinterher. Und wusste in der gleichen Sekunde, dass Bob und Justus das nicht schafften. Sie würden klettern müssen. Und damit endgültig zurückbleiben.
Er war jetzt in der Seitenstraße. Dort war ein weißer Dodge mit holzverkleideten Türen geparkt. Der Mann riss die Fahrertür auf. Bevor er einsteigen konnte, war Peter bei ihm.
Eine geballte Faust raste auf Peters Gesicht zu. Er konnte gerade noch seitlich ausweichen, doch der Schlag streifte seine Wange und war stark genug, dass Peter das Gleichgewicht verlor und zu Boden ging. Ängstlich wich er zurück. Aber der Mann schlug oder trat nicht nach ihm, sondern sprang in den Wagen und ließ den Motor an, ohne überhaupt die Fahrertür zu schließen. Sie knallte zu, als er Gas gab und mit quietschenden Reifen davonfuhr. Der Dodge bog gerade um die nächste Ecke, als Bob, Justus und Quinn keuchend hinter Peter auftauchten.

»Peter!«, rief Bob. »Ist dir was passiert?«
»Nein«, sagte Peter, rappelte sich auf und rieb seine gerötete Wange. »Alles in Ordnung. Er hat nach mir geschlagen, war aber nicht so schlimm.«
»Konntest du das Nummernschild erkennen?«, fragte Justus. Doch Peter schüttelte den Kopf. »Ich habe noch drauf geachtet. Aber die Nummernschildbeleuchtung funktionierte nicht.«
»Es war ein weißer Dodge Diplomat«, sagte Bob. »Mit Holzverkleidung. Ziemlich sicher derselbe wie heute Nachmittag.«
»Auch derselbe Fahrer?«, fragte Justus.
»Ich bin nicht ganz sicher«, antwortete Bob. »Aber fast. Die Haarfarbe und die Frisur passen.«
Nun wandten sich die drei ??? Quinn zu. Der Junge war kreidebleich und zitterte. »Habt ihr keine Angst, dass der Kerl zurückkommt?«
Justus schüttelte den Kopf. »Er ist geflohen, weil er keine Chance gegen uns vier hatte. Heute wird er nicht wieder auftauchen.«
»Aber vielleicht morgen?«, fragte Quinn ängstlich.
Justus zuckte mit den Schultern. »Möglich.«
»Ich werde das Haus nicht mehr verlassen«, kündigte Quinn sofort an.
»Was ist denn überhaupt genau passiert?«, fragte Peter, während sie langsam zu Quinns Haus zurückgingen.
»Ich war nur kurz den Müll rausbringen«, erklärte Quinn. »Da sprang der Kerl plötzlich hinter dem Baum vor, hielt mir die Hand vor den Mund und nahm mich in den Schwitz-

kasten. Er wollte mein Handy. Ich wusste ja nicht, dass das der Typ von heute Nachmittag war. Ich dachte, es wäre ein Raubüberfall und als Nächstes würde er auch mein Geld haben wollen. Ich hätte ihm natürlich alles gegeben, damit er mir nichts tut. Aber in dem Moment sah ich eure drei Fahrradlampen am Ende der Straße auftauchen und habe um Hilfe gerufen.«

Sie erreichten Quinns Haus und kurz darauf fand Bob sein Handy in der Hecke wieder. Zum Glück hatte es keinen Schaden genommen.

Justus fing an, seine Unterlippe zu kneten. »Der Unbekannte muss uns heute Nachmittag gefolgt sein, ohne dass wir es gemerkt haben. Was hast du heute noch gemacht, nachdem wir dich nach Hause begleitet hatten?«

Quinn zuckte mit den Schultern. »Gar nichts. Ich war in meinem Zimmer und habe Zaubertricks geübt, wie jeden Tag.«

»Dann hat der Mann womöglich die ganze Zeit gewartet und dir aufgelauert.«

Quinn stand der Schrecken ins Gesicht geschrieben. »Mir? Aber warum denn? Was wollte er von mir?«

»Dein Handy«, sagte Bob. »Ich habe den Kerl heute Nachmittag in dem Moment bemerkt, als du Pablo auf die Mailbox gesprochen hast. Das muss er beobachtet haben. Vielleicht hat er bei heruntergekurbeltem Fenster sogar irgendwas verstanden. Oder er hat sich denken können, wen du da anrufst. Er wollte dein Handy, um Pablo anrufen zu können.«

Justus nickte zustimmend. »Eine sehr gute Theorie, Bob.«

»Aber wer ist denn der Kerl?«, fragte Quinn aufgebracht.

»Das müssen wir noch herausfinden«, gestand Justus. Dann erzählte er Quinn von der Videoaufnahme und warum die drei ??? überhaupt hergekommen waren. »Wir wollen noch mal ins Theater fahren. Es wäre schön, wenn du uns die Schlüssel gibst. Oder mitkommst.«

Quinn rang mit sich. Er sah aus, als hätte er sich am liebsten in sein Zimmer verkrochen. Doch dann gab er sich einen Ruck. »Ich begleite euch. Ich hole nur rasch meine Jacke und sage meinen Eltern Bescheid.«

Zehn Minuten später hatten sie Pablos Zauberkabinett erreicht. Hier am Ende der Straße gab es keinerlei Beleuchtung mehr. Die Silhouette des Theaters ragte wie ein riesiges Beduinenzelt vor ihnen auf.

»Mir ist überhaupt nicht wohl«, raunte Peter, als sie die Fahrräder abstellten.

»Diesmal ist uns niemand gefolgt«, sagte Bob.

»Der Kerl von vorhin müsste uns auch nicht folgen. Er weiß ja, wo das Theater ist.«

»Aber er weiß nicht, dass wir hier sind.«

»Trotzdem könnte er hier herumschleichen.«

»Wir sind zu viert«, sagte Justus. »Er wird sich nicht an uns herantrauen.«

Quinn öffnete die große Flügeltür und gemeinsam stiegen sie die dunkle Treppe hinauf in den Zuschauerraum. Quinn machte Licht.

Es dauerte nur einen Augenblick, bis sie gefunden hatten, was sie suchten. An der hinteren Saalwand, direkt neben dem Eingang, hing etwas, das sie am Nachmittag ohne die Saalbeleuchtung nicht gesehen hatten.

Jemand hatte die Kordel genommen, mit der man den Eingangsvorhang zusammenbinden konnte, und um die Halterung einer altmodischen Messinglampe an der Wand gelegt. Am Ende der Kordel baumelte ein weißer Stoffhase. Er hatte Arme und Beine wie ein Mensch, nur der Kopf war hasenhaft. Und er steckte in einer Schlinge.

»Der Hase ist gehängt worden«, sagte Peter. Er spürte, wie er eigentlich lachen wollte, aber gleichzeitig nicht konnte. Denn einerseits war das Bild des gehängten Stoffhasen lustig und überhaupt nicht bedrohlich. Andererseits aber hatte die Kombination aus der Unschuld eines Plüschhasen und der Schlinge um seinen Hals etwas Verstörendes.

»Der hängt nicht immer hier, oder?«, wollte Bob von Quinn wissen.

Quinn schüttelte den Kopf. »Ich habe diesen Hasen noch nie gesehen.«

»Unser geheimnisvoller Unbekannter muss ihn aufgehängt haben«, war Justus überzeugt. »Als Drohung. Der weiße Hase ist schließlich eine Art Symbol für Zauberei.«

»Aber dann ist es ja eine Morddrohung«, sagte Peter erschrocken.

»Zumindest eine Androhung von Gewalt. Und sie hat Pablo so in Angst versetzt, dass er sofort die Flucht ergriff. Aber etwas ganz anderes macht mich stutzig. Fällt euch an dem Hasen etwas Besonderes auf?«

Bob und Peter runzelten die Stirn. »Es ist ein weißer Stoffhase«, sagte Peter vorsichtig.

»Ein weißer Stoffhase, der mir bekannt vorkommt«, sagte Justus. »Ich weiß nur nicht, woher.«

»Also, ich habe ihn noch nie gesehen«, sagte Bob. Und auch Peter schüttelte ratlos den Kopf.
»Hm«, murmelte Justus, trat näher an den Hasen heran und betrachtete ihn von allen Seiten. Dann nahm er ihn vorsichtig ab. An einer Naht im Inneren des Plüschohrs war ein Etikett angebracht, auf dem der Name des Herstellers und die Waschanleitung standen. »Ich hoffe, ich komme noch drauf, woher ich diesen Hasen kenne. Am besten nehmen wir ihn mit. Vielleicht können wir seine Spur zurückverfolgen.«
»Seine Spur zurückverfolgen?«, wiederholte Peter. »Du weißt aber schon, dass der aus Stoff ist, oder? Er ist nicht hierhergehoppelt.«
Justus reagierte nicht darauf.
»Auf jeden Fall können wir uns jetzt zusammenreimen, was heute Vormittag passiert ist«, sagte Bob. »Unser großer Unbekannter betrat während der Vorstellung den Saal und hängte den Hasen als Drohung auf. Pablo sah den Mann, nahm die Drohung sehr ernst und ergriff durch den Schrank die Flucht. Erst als die beiden Schulklassen weg waren, verschaffte sich der Hasenmörder Zugang zur Kellerwohnung und fing an, sie zu durchsuchen. Aber da war Pablo längst weg.«
Justus nickte. »Aber es war nicht einfach nur ein Einbruch, denn der Hasenmörder hat offenbar das Interesse an Pablo nicht verloren. Sonst wäre er nicht so scharf auf Quinns Handy.«
Wie auf Kommando war plötzlich der Signalton eines Handys zu hören. Quinn runzelte die Stirn und zog sein Telefon aus der Tasche. Seine Augen wurden groß, als er auf das Dis-

play blickte. »Eine SMS von Pablo!«, rief er. Er öffnete die Nachricht und las sie vor: »Musste dringend weg. Sorry. Alles ist in Ordnung. Aber ruf bitte nicht mehr an. Ich erkläre es dir später. Pablo.«

Eine Stunde später verabschiedete sich Justus von Bob und Peter vor dem bunt bemalten Zaun des Schrottplatzes. Sie hatten zusammen mit Quinn noch lange über die geheimnisvolle SMS nachgedacht und waren zu dem Schluss gekommen, dass Pablo seinen jungen Zauberlehrling vermutlich schützen wollte. In was für eine Sache Pablo auch immer verwickelt war – je weniger Quinn darüber wusste, desto sicherer war es für ihn.
Die drei ??? hatten Quinn nach Hause begleitet und waren dann zurück nach Rocky Beach gefahren. Den Stoffhasen hatten sie mitgenommen. Nun ging Justus über den dunklen Schrottplatz hinüber zum Wohnhaus der Familie Jonas. Durch ein Fenster im Erdgeschoss sah er den flackernden Widerschein des Fernsehers. Justus betrat das Haus und streckte seinen Kopf durch die Tür zum Wohnzimmer, wo sich seine Tante und sein Onkel einen Film ansahen. »Ich bin wieder da!«
»Justus«, sagte Tante Mathilda, griff zur Fernbedienung und schaltete das Gerät aus. »Komm doch mal bitte kurz rein.«
Justus ging zu ihnen und setzte sich auf einen Sessel. Der Blick seines Onkels fiel auf den Stoffhasen in Justus' Hand und er schmunzelte.
Tante Mathilda allerdings war weniger guter Laune. »Dein Onkel und ich haben gerade darüber gesprochen, dass es

wirklich schön wäre, wenn wir dich ab und zu mal zu Gesicht bekämen. Du hast heute wieder nicht mit uns gemeinsam zu Abend gegessen.«

Justus machte ein schuldbewusstes Gesicht. »Ja, stimmt. Ist denn noch was da?«

Seine Tante ignorierte die Frage. »Ich habe nachgerechnet. Das letzte gemeinsame Abendessen ist fünf Tage her. Du sitzt nur noch in eurem Schrottbunker oder bist mit Bob und Peter unterwegs. Familienleben findet gar nicht mehr statt. Ich weiß, du bist schon fast ein junger Mann. Und irgendwann wirst du sowieso tun, was du willst. Aber bis dahin würden wir dich gern wieder regelmäßiger sehen, und wenn es nur einmal am Tag ist.«

Justus nickte ergeben. Wenn Tante Mathilda schlechte Laune hatte, war es die beste Strategie, sofort nachzugeben und Besserung zu geloben. »In Ordnung, Tante Mathilda. Versprochen.«

»Siehst du, Mathilda«, sagte Onkel Titus belustigt. »Erstens ist er ganz einsichtig. Und zweitens ist er noch weiter vom jungen Mann entfernt, als du befürchtest.« Er zeigte auf den Stoffhasen und sein Grinsen wurde breiter. »Ist er nicht irgendwie niedlich, unser Justus?«

Doch anstatt auf die Bemerkung ihres Mannes einzugehen, betrachtete Tante Mathilda stirnrunzelnd den Hasen. »Wo hast du den denn her?«

»Ach«, sagte Justus und machte eine wegwerfende Handbewegung. »Unwichtig.«

»Nein, nein, Justus, wirklich: Wo hast du den her?«

»Aus einem Theater«, antwortete Justus. Er wusste nicht,

worauf seine Tante hinauswollte. »Eine lange Geschichte, aber, wie gesagt, völlig nebensächlich.«

»Seltsam, er sieht genauso aus wie der Stoffhase, den ich heute Morgen verkauft habe.«

In derselben Sekunde wurde Justus klar, warum ihm der Hase die ganze Zeit so bekannt vorgekommen war. Er setzte sich kerzengerade auf. »Du hast genauso einen Stoffhasen verkauft? Wann?«

»Heute Morgen, das habe ich doch gerade gesagt.«

»Wann genau?«

Tante Mathilda verdrehte die Augen. »Um kurz nach neun, gleich nachdem ich den Schrottplatz aufgemacht habe.«

»Und weißt du auch noch, an wen?«

Nun war es vorbei mit Tante Mathildas Geduld. »Justus Jonas, also wirklich, manchmal raubst du mir den letzten Nerv. Findest du nicht, dass du es langsam übertreibst mit deiner Detektivspielerei? Du musst doch nicht alles, was dir begegnet, wie einen Kriminalfall behandeln! Wir reden hier von einem Stoffhasen!«

»Es ist vielleicht nur so eine Art Übung für ihn«, überlegte Onkel Titus laut. »Gehirnjogging. Nennt man das nicht so?«

»Findest du das etwa normal?«, wandte sich Tante Mathilda an ihren Mann und sprach jetzt über Justus, als wäre er gar nicht anwesend. »Dass der Junge nun sogar schon anfängt, mich nach Stoffhasen auszufragen? Womöglich bittet er mich gleich noch darum, ein Phantombild des Kunden zu zeichnen. Oder in Zukunft Fingerabdrücke von jedem zu nehmen, der etwas bei uns kauft. Titus, ich mache mir Sorgen! Diesen Detektivtick hatte er ja schon als Kind. Ich dachte, das wächst sich irgendwann mal aus. Aber langsam bekomme ich das Gefühl, dass es immer schlimmer wird.«

»Bitte, Tante Mathilda, der Hase ist tatsächlich ein wichtiges Indiz in einem Fall, an dem wir gerade arbeiten, ob du es glaubst oder nicht. Wenn du dich erinnern könntest, wer ihn gekauft hat …«

»Herrje!«, rief Tante Mathilda aus und warf die Hände gen Himmel. »Ja, ich kann mich erinnern. Er war nämlich der dreisteste Kunde, dem ich seit langer Zeit begegnet bin. Rotblonde Haare, gescheitelt, Bartstoppeln, bestimmt eins neunzig groß, sportlich, Mitte oder Ende dreißig, große Sonnenbrille. Und er fuhr einen alten Dodge Diplomat.«

»Mit holzverkleideten Seiten?«

Tante Mathilda runzelte kurz die Stirn. »Woher weißt du denn das nun schon wieder? Ja, mit holzverkleideten Seiten. Sonst noch was, Monsieur Meisterdetektiv?«

Justus war begeistert. Und trotzdem traute er sich kaum, die nächste Frage zu stellen. »Du weißt nicht zufällig, wie der Mann hieß? Oder hast dir das Autokennzeichen gemerkt?«

Justus erwartete, dass seine Tante an die Decke gehen würde, doch ihre Reaktion war eine gänzlich andere. Sie beugte sich zu ihm vor, legte die Fingerspitzen vor dem Mund aneinander und lächelte tückisch. »Ich habe in der Tat eine wichtige Information über diesen Kunden für dich, Justus Jonas. Sie könnte dazu führen, dass du herausfindest, wer er ist.«

»Tatsächlich?«

Tante Mathilda nickte selbstsicher. »Aber ich verrate sie dir nur unter einer Bedingung.«

Cotta legt auf

»Da seid ihr ja endlich!«, sagte Justus am nächsten Morgen, als Bob und Peter die Zentrale betraten. »Das wurde aber auch Zeit.«

Der Zweite Detektiv sah auf die Uhr. »Es ist gerade mal halb zehn. Das ist doch nicht spät.«

»Und trotzdem haben wir schon zu tun«, meinte Justus.

»So?«, fragte Bob. »Haben wir etwas nicht mitbekommen?«

»In der Tat. Ich habe herausgefunden, warum der Stoffhase mir so bekannt vorkam. Und die Spur führt zu Arthur Duckles, dem Gebrauchtwagenhändler von Rocky Beach.«

Peter runzelte die Stirn. »Verkauft der jetzt auch Stofftiere?«

»Nein. Autos.« Justus erzählte ihnen von den Beobachtungen seiner Tante. »Der Hase war in einem der Kartons, die Tante Mathilda neuerdings morgens vor das Tor an die Straße stellt. Jeder Artikel nur ein Dollar. Sie war noch damit beschäftigt, die Ware rauszuschaffen, und trat gerade mit einer weiteren Kiste durch das Tor. Da sah sie einen Mann, der im Begriff war, mit dem Hasen in der Hand in sein Auto zu steigen, das mit laufendem Motor neben ihm stand. Ohne zu bezahlen. Aber ihr kennt ja Tante Mathilda. Sie hat ihn zur Rede gestellt. Und den Mann nach eigener Aussage ganz schön zusammengefaltet. Er hat ihr dann kleinlaut einen Dollar gegeben und ist weggefahren. In einem Dodge Diplomat mit Holzverkleidung.«

»Gibt's ja nicht!«, rief Bob.

»Doch. Und es kommt noch besser: Tante Mathilda merkt

sich solche Leute, damit sie ein Auge auf sie haben kann, falls sie noch einmal auftauchen sollten. Sie konnte deshalb nicht nur eine präzise Täterbeschreibung abliefern, die genau mit dem Mann von gestern Abend übereinstimmt, sondern hat sich auch noch das Auto genauer angesehen.«

»Hat sie sich etwa das Kennzeichen gemerkt?«, fragte Bob hoffnungsvoll.

»Das nicht. Aber ihr ist aufgefallen, dass über dem Nummernschild ein Aufkleber angebracht war: ein kleiner Werbeschriftzug von Arthur Duckles, dem Gebrauchtwagenhändler von Rocky Beach.«

Peter klatschte begeistert in die Hände und lachte. »Deine Tante ist wirklich Gold wert, Justus. Wir sollten ihr zum Dank einen Kirschkuchen backen.«

»Sie hat andere Vorstellungen«, meinte Justus. »Es gab nämlich eine Bedingung, die sie mir gestellt hat, sonst hätte ich die Sache mit Arthur Duckles nicht erfahren. Ich muss ab heute jeden Abend pünktlich zum Abendessen zu Hause sein. Eine Woche lang intensive Pflege des Familienlebens.«

»Das ist verschmerzbar«, befand Bob.

»Und heute Nachmittag werden die alten Türen abgebeizt«, fügte Justus hinzu. »Da gibt es kein Entkommen. Das ist ein wenig ärgerlich, aber wenn ihr mir helft …«

»… dann geht es schneller«, sagte Bob und wandte sich dem Kalten Tor zu. »Verlieren wir also besser keine Zeit. Auf zum Autohändler!«

Auf dem Weg über den Schrottplatz dachte Justus noch einmal über den unbekannten Angreifer nach. »Der Mann hat das Stofftier gestern Morgen um kurz nach neun bei uns ge-

kauft. Um zehn begann die Schulvorstellung in Pablos Zauberkabinett. Für mich stellt sich das so dar: Der Kauf des Hasen war eine spontane Entscheidung. Der Mann war auf dem Weg zum Theater, fuhr dabei am Schrottplatz vorbei, sah aus dem Wagen den Stoffhasen in einem Karton, hielt an, sprang schnell raus, schnappte sich den Hasen und wollte weiterfahren. Es kann ihm ja nicht darum gegangen sein, durch den Diebstahl des Hasen einen Dollar zu sparen. Es war ihm einfach egal, ob er den bezahlt oder nicht. Wäre das mit dem Stoffhasen geplant gewesen, hätte er ihn schon viel früher besorgt und nicht erst eine knappe Stunde, bevor er ihn mit einer Kordel im Theatersaal aufhängt. Das Hängen des Stoffhasen war also mutmaßlich ein Zufallsprodukt.«
»Das seine Wirkung auf Pablo aber nicht verfehlt hat«, sagte Bob.
Sie stiegen auf ihre Räder und radelten durch den frischen, sonnigen Morgen ins kleine Gewerbegebiet von Rocky Beach, wo sich unter bunten Flatterbändern der staubige Autohof von Arthur Duckles befand. Auf dem Gelände standen ungefähr fünfzig Wagen der unterschiedlichsten Marken, von alt bis neu und in fast jeder Preislage. Justus wusste, dass Onkel Titus hier vor Jahren auch seinen Pick-Up gekauft hatte. Außer ihnen schlenderten noch drei, vier weitere Kunden über den Hof, strichen über Lackierungen und blickten durch die Seitenscheiben. Arthur Duckles, ein kleiner Mann in einem fleckigen, blauen Overall, der sich über einem beachtlichen Bauch spannte, saß im Schatten seines kleinen Verkaufscontainers und trank Kaffee.
»Wie gehen wir vor?«, fragte Bob leise, während sie so taten,

als würden sie sich Autos ansehen. »Willst du Duckles einfach geradeheraus fragen, wer den Dodge gekauft hat?«
Justus schüttelte den Kopf. »Dann würde er antworten, dass er uns das nicht sagen darf. Nein, wir werden dafür sorgen, dass er ganz allein auf die Idee kommt, uns den Namen des Käufers zu nennen.«
»Ach, und wie?«, fragte Peter.
Justus lächelte. »Das wirst du gleich sehen.«
Er ging auf den Container zu, Peter und Bob folgten ihm gespannt.
»Guten Morgen, Mr Duckles.«
Arthur Duckles blinzelte ihnen entgegen, ohne aufzustehen. »Morgen, Jungs. Was kann ich für euch tun?«
»Wir haben eine Frage. Hier stand doch vor einiger Zeit ein weißer Dodge Diplomat mit Holzfurnier. Erinnern Sie sich?«
»Und ob. Der stand hier geschlagene zwei Jahre lang herum. Niemand wollte dieses alte Ding kaufen. Aber vor zwei Wochen bin ich ihn tatsächlich losgeworden. Jetzt erzähl mir nicht, dass du auch Interesse gehabt hättest.«
Justus nickte betrübt. »Doch. Der Wagen wäre allerdings nicht für mich gewesen. Der Vater meines Freundes Peter hier arbeitet in Hollywood. Er ist gerade mit einem Film beschäftigt, der in den Achtzigern spielt. Da wird noch so ein Wagen benötigt. Die sind gar nicht mehr so einfach zu finden. Aber als ich davon hörte, fiel mir ein, dass ich bei Ihnen genau so einen Dodge stehen gesehen habe.«
»Tja«, sagte Duckles bedauernd. »Da hat dein Vater Pech gehabt, Peter. Der Dodge ist verkauft.«

Justus schüttelte betrübt den Kopf. »So ein Mist, Peter. Dann wird es wohl nichts mit den zweihundert Dollar, die dein Vater dir versprochen hat, wenn du einen Wagen für ihn findest. Genau die zweihundert Dollar, die dir noch für den Honda da drüben gefehlt haben.«

Arthur Duckles horchte auf. »Du wolltest den Honda bei mir kaufen?«

Peter, selbst viel zu überrascht von der Geschichte, die Justus dem Autohändler auftischte, konnte nur nicken.

»Die Filmgesellschaft müsste den Dodge nicht einmal besitzen«, fabulierte Justus munter weiter. »Es würde reichen, wenn sie ihn für ein paar Tage Dreharbeiten leihen könnte.«

Duckles runzelte die Stirn. »Und dann würdest du zweihundert Dollar von deinem Vater bekommen?«

Peter nickte.

»Und dann hättest du genügend Geld für den Honda da drüben beisammen?«

Peter nickte erneut.

»Ich will sehen, ob ich euch nicht doch helfen kann.« Arthur Duckles stemmte sich aus seinem weißen Plastikstuhl und betrat den Metallcontainer, in dem er sein Büro hatte. Durch die offene Tür sahen sie ihn in einem Ablagekasten wühlen. Eine Minute später war er wieder bei ihnen.

»Der Käufer heißt Ray Layton. Ich habe leider weder seine Adresse noch seine Telefonnummer, aber vielleicht könnt ihr die ja herauskriegen. Ich glaube, er wohnt in Rocky Beach oder zumindest in der Nähe. Wer weiß, vielleicht leiht er euch den Wagen für den Film. Und dann hättest du dein Geld für den Honda zusammen.«

»Oh, das ist ... toll!«, brachte Peter heraus. »Vielen Dank, Sir!«
»Ja, wirklich großartig«, stimmte Justus zu. »Danke sehr, Mr Duckles. Sie waren uns eine große Hilfe.«
Arthur Duckles nickte glücklich.
Als sie den Autohof verließen, schüttelte Bob belustigt den Kopf. »Wirklich unglaublich, Justus. Aber war das nicht auch ein bisschen ... gemein?«
Der Erste Detektiv zuckte mit den Schultern. »Wenn wir Mr Duckles noch einmal begegnen, sagen wir ihm, dass Ray Layton seinen Wagen nicht verleihen wollte.«
»Trotzdem.«
»Es war eine leichte Beugung moralischer Prinzipien, die im Dienste eines höhergestellten Ziels zum einen unumgänglich, zum anderen absolut vertretbar war. Und nun lasst uns weiterarbeiten!«

Sobald die drei ??? wieder in der Zentrale waren, machten sie sich auf die Suche nach Ray Layton. Doch so flüssig die Ermittlungen bis hierher gelaufen waren, so sehr begannen sie nun zu stocken. In keiner einzigen Internetsuchmaschine fanden sie einen Ray Layton in Rocky Beach oder Umgebung. Nach einer Stunde gab Justus frustriert auf. »Jetzt fällt mir nur noch eine Möglichkeit ein.«
»Und die wäre?«, fragte Bob.
»Der Polizeicomputer.«
»Du willst Inspektor Cotta anrufen«, vermutete Peter und schüttelte den Kopf. »Der wird uns niemals helfen. Nicht nach dem Auftritt gestern Nachmittag.«

Justus seufzte. »Das ist genau das Problem. Einem Autohändler den Namen eines Käufers zu entlocken, ist eine Sache. Aber bei Cotta liegt der Fall anders. Er würde uns sofort durchschauen.« Justus griff zum Telefon, zögerte kurz, nahm es dann aber beherzt zur Hand und wählte eine Nummer.
»Wen rufst du denn jetzt an?«, fragte Bob.
»Cotta.«
»Aber ich dachte –«
»Ich muss es wenigstens versuchen.« Justus schaltete den Lautsprecher ein, damit die anderen das Gespräch mithören konnten. Nach kurzem Klingeln meldete sich der Inspektor.
»Guten Tag, Inspektor Cotta. Hier spricht –«
»Justus Jonas«, sagte Cotta resigniert. »Und der Tag hatte so ruhig angefangen. Was gibt's denn heute?«
»Zunächst einmal möchte ich mich, auch im Namen meiner Freunde Bob und Peter, bei Ihnen entschuldigen, Sir. Unser Verhalten gestern Nachmittag war über die Maßen ungehörig und im Rahmen unserer Tätigkeit als Nachwuchsdetektive äußerst unprofessionell. Selbstverständlich hätten wir –«
»Justus«, unterbrach Cotta ihn ruhig. »Es ist eine Sache, unbefugt in fremder Leute Häuser einzudringen, sich dabei schnappen und festnehmen zu lassen und mich zu verärgern. Eine ganz andere Sache ist es, mich am nächsten Tag anzurufen und mir Honig um den Bart zu schmieren, um mich milde zu stimmen, obwohl es eigentlich um etwas ganz anderes geht. *Das* könnte mich *richtig* verärgern. Also, was willst du wirklich?«
Justus schluckte. »Wir verfolgen ein verdächtiges Subjekt. Sein Name ist Ray Layton. Viel mehr wissen wir aber nicht

über ihn. Wir dachten, dass Sie vielleicht im Polizeicomputer –«

»Ausgeschlossen«, schnitt Cotta ihm das Wort ab und legte auf.

Justus war so verdattert, dass er sekundenlang das Telefon anstarrte.

»Dich einmal sprachlos zu erleben ist ja ein seltenes Vergnügen«, meinte Peter. »Tja, Justus, der Versuch ging in die Hose.«

»Ich kann dir leider nicht widersprechen«, gestand Justus ein. »Das ist überaus betrüblich.«

»Was können wir sonst tun?«, fragte Bob. »Vielleicht eine Telefonlawine starten? Wir könnten alle Leute, die wir kennen, nach dem Dodge befragen. Wenn Ray Layton tatsächlich in Rocky Beach oder in der näheren Umgebung wohnt, hat vielleicht jemand den Wagen gesehen. Auffällig genug ist er ja.«

»Das wäre eine Idee«, sagte Justus und nahm einen Notizzettel zur Hand. »Am besten machen wir eine Liste mit Leuten, die wir anrufen können.«

Die Liste war erst halb fertig, als das Telefon klingelte. Justus nahm den Hörer ab. »Justus Jonas von den drei –«

»Hör zu, Justus«, sagte Inspektor Cotta. »In was auch immer ihr schon wieder geraten seid – lasst die Finger davon!«

»Sir? Ich verstehe nicht ganz.«

»Ray Layton. Ich musste ja befürchten, dass ihr schon wieder mit einem Bein im Gefängnis und mit dem anderen im Grab steht. Also habe ich nachgesehen, ob es Einträge über ihn gibt. Freu dich nicht zu früh, Justus Jonas, ich werde dir nicht auf die Nase binden, wo er wohnt. Aber ich verrate dir, dass er ein gefährlicher Schwerverbrecher ist. Er hat fünf Jahre im Gefängnis gesessen wegen eines bewaffneten Raubüberfalls in Las Vegas. Auch vorher hatte er schon einiges auf dem Kerbholz. Er neigt zu Gewaltausbrüchen und schreckt vor Brutalität nicht zurück. Vor sechs Wochen ist er entlassen worden. Legt euch nicht mit ihm an. Er ist gemeingefährlich.«

»Das ist … sehr informativ«, sagte Justus.

»Das ist nicht informativ, das ist eine Warnung! Wenn du es mit deiner Entschuldigung vorhin wenigstens ein kleines bisschen ernst meintest, dann lasst ihr die Finger von Layton, von diesem Zauberer und von dem ganzen Fall! Haben wir uns verstanden?«

»Ja, Sir.«

»Gut.« Und genau so unvermittelt wie bei ihrem letzten Gespräch legte Inspektor Cotta auf.

»Puh«, seufzte Peter. »Der klang ja richtig besorgt. Vielleicht sollten wir doch ein wenig auf Abstand zu unserem Hasenmörder gehen.«

Doch in Justus' Gesicht waren bereits Begeisterung und Tatendrang zu lesen. »Dank Cotta haben wir endlich eine heiße Spur! Es war wahrscheinlich ein Versehen, dass er uns verraten hat, wo der Raubüberfall damals stattfand. Aber die Information ist Gold wert! Und ist euch aufgefallen, dass er nicht nur Ray Layton, sondern auch den Zauberer erwähnte? Das heißt, Cotta ist bei seiner Recherche im Polizeicomputer womöglich auf eine Verbindung zwischen den beiden gestoßen. Das ist doch hochinteressant! Auf geht's, Kollegen, wir haben eine Menge Arbeit vor uns!«

Auf der Spur des Hasenmörders

Bob als Hauptverantwortlicher für Recherchen übernahm die Aufgabe, mithilfe der Informationen, die sie von Cotta bekommen hatten, mehr über Ray Layton und seine kriminelle Vergangenheit herauszufinden. Bobs Vater war Journalist bei der »Los Angeles Post«. Im Zeitungsgebäude gab es ein umfangreiches Archiv, das die drei ??? schon oft zu Recherchezwecken genutzt hatten. Also machte Bob sich gleich auf den Weg. Justus und Peter konnten ihn nicht begleiten, da sie Justus' Versprechen, das Abbeizen der alten Türen zu übernehmen, einhalten mussten.

Die Mittagsstunden verstrichen unendlich langsam. Im schmalen Schatten des Holzzauns strichen Justus und Peter die Türen mit stinkender Beize ein und schabten danach die Reste der alten Farbe ab, während sie sich fragten, was Bob wohl herausfinden mochte.

Nach vier Stunden war er endlich zurück, gerade als die Arbeit erledigt war.

»Ich habe aufregende Neuigkeiten!«, rief Bob. Er war ganz außer Atem. »Eilbesprechung in der Zentrale in zehn Sekunden!«

Justus und Peter ließen alles stehen und liegen und liefen dem dritten Detektiv durch das Kalte Tor nach. Als sie in ihren Sesseln saßen, nahm Bob erst mal ein paar gierige Schlucke aus einer halb vollen Colaflasche. Dann zog er eine Mappe mit Kopien aus seinem Rucksack. »Also«, sagte er langsam und fing an, in den Kopien zu blättern.

»Mach's nicht so spannend!«, forderte Peter.
»Immer mit der Ruhe, so ein Vortrag will gut vorbereitet sein. Ich habe mich durch das Archiv der ›Los Angeles Post‹ gewühlt. Cotta sagte ja, dass der Hasenmörder fünf Jahre im Gefängnis saß. Also habe ich nach Raubüberfällen in Las Vegas vor fünf bis sechs Jahren gesucht. Die Zeit zwischen der Festnahme und der Verurteilung muss man ja noch dazurechnen. Ich fand natürlich eine Menge in diesem langen Zeitraum. Ich dachte schon, es würde die Suche nach der Nadel im Heuhaufen werden, denn nirgendwo tauchte der Name Ray Layton auf. Aber dann habe ich den Jackpot geknackt! Wartet, ich lese es euch vor.« Bob legte sich einen kopierten Zeitungsartikel zurecht, während Peter und Justus gespannt näher rückten.

»Zauberer Nightingale überfallen! In der Nacht zum Sonntag wurde in die Villa des berühmten Zauberkünstlers Nightingale am Rande von Las Vegas eingebrochen. Zwei bewaffnete Männer drangen in das Haus ein und stahlen Geld und Wertgegenstände. Nightingale selbst war zum Zeitpunkt des Einbruchs nicht zu Hause, doch die Hausangestellte Maria K. überraschte die Täter. Diese zwangen sie daraufhin mit Waffengewalt, die abgeschlossenen Bereiche, zu denen sie einen Schlüssel hatte, zu öffnen. ›Sie schlugen mich und hielten mir eine Pistole an den Kopf‹, berichtete Maria K. später der Polizei. Die Täter konnten mit Beute im Wert von mehreren hunderttausend Dollar entkommen. Die Polizei hat eine Großfahndung eingeleitet.«

»Wow!«, rief Peter. »Das ist allerdings ein Volltreffer! Nightingale! Den kenne ich aus dem Fernsehen!«

»Er hat seit vielen Jahren eine riesige und sehr erfolgreiche Zaubershow in Las Vegas«, sagte Justus. »Aber können wir wirklich sicher sein, dass der Hasenmörder an diesem Überfall beteiligt war?«

»Können wir«, fuhr Bob fort. »Einen Tag später erschien nämlich dieses Phantombild in der Zeitung, das nach den Beschreibungen der Hausangestellten angefertigt worden war.« Der dritte Detektiv zeigte eine Kopie herum. Das Phantombild war ungenau, aber trotzdem erkannte Peter, der Ray Layton am nächsten gewesen war, den Mann sofort wieder. »Das ist er! Das ist der Hasenmörder!«

»Und er wurde geschnappt?«

Bob nickte. »Eine Woche später.« Er nahm eine dritte Kopie zur Hand, las sie jedoch nicht vor. »Genauer gesagt: Sie wurden beide geschnappt, Hasenmörder und sein Kompagnon. Und in diesem Artikel werden auch ihre Namen genannt, zumindest fast: Ray L. und Steven S. Ein Tankstellenwart hatte Ray anhand des Phantombilds erkannt und die Polizei verständigt. Die beiden wurden verhaftet und Maria K. konnte sie identifizieren.« Eine vierte Kopie kam zum Einsatz. »Ein paar Monate später wurden sie dann wegen schweren bewaffneten Raubüberfalls verurteilt: Ray L. zu acht Jahren Haft, Steven S. zu einem.«

Justus runzelte die Stirn. »Warum nur zu einem?«

»Weil Ray bereits ein ansehnliches Vorstrafenregister hatte. Außerdem war er derjenige mit der Waffe. Er hat Maria bedroht und war wohl auch der Drahtzieher des Ganzen. Steven S. hingegen war bis zu dem Zeitpunkt noch unbescholten.«

»Und warum acht Jahre? Ich denke, das alles ist erst fünf Jahre her.«

»Mensch, Just, du machst mir meinen ganzen Spannungsaufbau kaputt«, beschwerte sich Bob. »So weit war ich doch noch gar nicht.«

»Verzeihung.«

»Die Geschichte ging nämlich noch weiter. Hasenmörder wurde zwar verurteilt und ging ins Gefängnis, aber die Beute blieb verschwunden. Vor allem Bargeld und seltene Münzen. Nightingale hatte eine wertvolle Münzsammlung. Steven S. konnte glaubhaft versichern, dass Hasenmörder das Diebesgut an sich genommen hatte, aber Hasenmörder weigerte sich, das Versteck der Beute preiszugeben. Das dürfte ein weiterer Grund dafür gewesen sein, dass er eine deutlich höhere Strafe bekam als sein Kompagnon.«

»Aber er kam trotzdem schon nach fünf Jahren frei«, sagte Justus.

Bob schüttelte den Kopf. »Nicht trotzdem. Sondern weil. Weil er nämlich nach ein paar Jahren in Haft beschloss, das Versteck der Beute doch zu verraten. Sie wurde dann auch sofort von der Polizei in einem alten Lagerraum gefunden, den Hasenmörder unter falschem Namen angemietet und auf Jahre im Voraus bezahlt hatte. Diese mildernden Umstände führten dazu, dass er deutlich früher entlassen wurde. Nämlich vor sechs Wochen.« Bob legte seine Papiere ordentlich zusammen. »Ende der Geschichte.«

»Das war sehr gute Arbeit, Bob«, lobte Justus. »Jetzt wissen wir schon eine ganze Menge über Hasenmörder alias Ray Layton. Die Frage ist nur, wie uns das weiterbringt.«

Stille breitete sich in der Zentrale aus. Denn Justus hatte recht: Alle Informationen, die Bob zusammengetragen hatte, waren zwar hochinteressant – nur leider hatte keine davon etwas mit dem verschwundenen Pablo Rodriguez zu tun.
»Hasenmörder beraubt einen berühmten Zauberer«, murmelte Peter und ertappte sich dabei, wie er beinahe an seiner Unterlippe gezupft hätte. Schnell ließ er die Hand wieder sinken. »Und fünf Jahre später versetzt er einen anderen Zauberer in Angst und Schrecken und schlägt ihn in die Flucht.«
»Nur dass dieser andere Zauberer nicht berühmt ist«, sagte Bob. »Und auch nicht reich. Er tritt vor Schulklassen auf und verdient auf diese Weise, wie wir von Quinn wissen, gerade genug, um davon leben zu können. Um Geld kann es Hasenmörder also nicht gegangen sein.«
»Aber Zufall ist es bestimmt auch nicht, dass Hasenmörder es auf Zauberer abgesehen hat. Es muss also irgendeine Verbindung zwischen Nightingale und Pablo Rodriguez geben.«
Der Erste Detektiv wandte sich dem Computer zu und begann, im Internet zu recherchieren. »Nightingale. In El Paso, Texas, geboren«, trug er murmelnd einen Eintrag vor, »berühmt geworden durch diverse Fernsehauftritte, blablabla, seit zehn Jahren eine erfolgreiche Show in Las Vegas, blablabla. Hm, auf den ersten Blick nichts Interessantes. Sehen wir ihn uns mal an, den Mr Nightingale.«
Justus klickte ein Video an, das die Internetsuche ihm angeboten hatte. Nightingale war ein großer, hagerer Mann mit eindeutig gefärbten schwarzen Haaren. In einen weißen Anzug gekleidet stolzierte er mit großer Geste über eine glit-

zernde Bühne bei einer Fernsehshow und durchlöcherte einen sargartigen Kasten mit einem Dutzend Säbeln. In dem Kasten stand natürlich eine hübsche junge Dame, die eifrig lächelte, während sie scheinbar von Säbeln durchbohrt wurde.

Die drei ??? sahen sich den Trick bis zum Ende an. Justus wollte das Video schon stoppen, als Nightingale die nächste Nummer ankündigte: »Und nun, meine sehr verehrten Damen und Herren, bitte ich Sie um einen Applaus für meine liebreizende Assistentin. Die wunderbare, die einzigartige, die wunderschöne Cynthia!«

Die Bühne verdunkelte sich, ein Spotlight ging an. Doch statt einer langbeinigen, dauerlächelnden Dame im Paillettenkostüm betrat im Scheinwerferkegel ein Elefant die Bühne. Das Publikum war begeistert.

Nightingale alberte ein bisschen mit Cynthia, der Elefantendame, herum, ließ sie sich auf die Hinterbeine stellen und belohnte sie mit Erdnüssen. Dann kündigte er an, sie nun verschwinden lassen zu wollen. Eine menschliche Assistentin brachte ein riesiges weißes Tuch herein. Nightingale musste auf ein Podest klettern, um überhaupt hoch genug reichen zu können. Er warf das weiße Tuch über Cynthia, schritt einmal um den Elefanten herum, fuchtelte ein wenig mit den Händen und zog das Tuch mit einem Ruck herunter. In einer schimmernden Seidenkaskade glitt es zu Boden. Der Elefant war verschwunden. Das Publikum jubelte und Nightingale verbeugte sich. An dieser Stelle endete das Video.

»Cool«, sagte Peter. »Wie hat er das gemacht?«

»Er hat gezaubert«, antwortete Justus augenzwinkernd.

»Quatsch. Das muss doch ein Trick gewesen sein.«
»Na, dann war es eben ein Trick.«
»Leute, das ist doch jetzt völlig egal«, sagte Bob aufgeregt. »Ist euch denn nichts aufgefallen?«
Justus runzelte die Stirn. »Was denn?«
»Na, der Elefant!«
»Was ist mit dem?«
»Gar nichts. Aber Pablo hat in seinem Theaterkeller doch dieses alte Plakat hängen. Das, unter dem sein Geheimversteck verborgen ist. Ein Werbeplakat für eine Zaubershow vor hundert Jahren. Und darauf steht irgendwas von wegen: ›Sehen Sie zu, wie der Große Abraxas vor Ihren Augen einen leibhaftigen Elefanten wegzaubert!‹«
»Du hast recht!«, sagte Justus. »Nur dass der Zauberer nicht Abraxas hieß. Sondern Caligarov.«
»Mag sein. Er hat jedenfalls auch einen Elefanten verschwinden lassen!«
Justus wandte sich wieder dem Computerbildschirm zu. »Hier steht, dass die Elefantendame Cynthia ein Publikumsliebling sei. Nightingale tritt schon seit vielen Jahren mit ihr auf. Dass er sie verschwinden lässt, ist eine seiner berühmtesten Nummern.«
»Meint ihr, das ist Zufall?«, wandte sich Bob an die anderen.
»Ein Hasenmörder, zwei Zauberer«, murmelte Peter. »Der eine lässt einen Elefanten verschwinden, der andere hat von genau diesem Trick ein Plakat an der Wand hängen. Könnte Zufall sein. Könnte auch eine Spur sein. Wobei ich keine Ahnung habe, wohin die führen soll.«
»Vielleicht sollten wir uns das Plakat noch einmal ansehen«,

meinte Justus. »Und mit Quinn reden. Möglicherweise kann er eine Verbindung zwischen Nightingale und Pablo herstellen. Und mit Nightingale selbst sollten wir auch sprechen.«
Peter lachte auf. »Mit Nightingale? Weißt du, wie berühmt der ist? Das ist so, als wolltest du mit dem Präsidenten sprechen. An den kommst du niemals ran.«
Doch Justus war wild entschlossen. »Das werden wir ja sehen.«

Nightingale, der Magier

Justus ahnte, dass es länger dauern könnte, Nightingale ans Telefon zu bekommen. Daher beschlossen die drei Detektive, dass Bob und Peter schon mal allein zum Zauberkabinett fahren sollten. Die beiden hatten die Zentrale kaum verlassen, da versuchte Justus schon sein Glück. An das Management des Zauberers Nightingale heranzukommen war nicht weiter schwierig. Aber Justus vermutete, dass man ihn dort sofort abblitzen lassen würde, wenn er keine überzeugende Geschichte parat hatte. Also gab er sich mit verstellter Stimme als Journalist aus und bat um ein Interview mit Nightingale. Man wollte ihn auf einen Termin in einigen Wochen vertrösten. Dann ließ er den Namen des Blattes, für das er angeblich schrieb, und das Stichwort »Titelstory« fallen.
»Oh, wenn das so ist«, flötete die Sekretärin angetan. »Ich werde gleich sehen, was sich machen lässt.«
Justus hatte darauf gesetzt, dass sich der Magier eine Titelgeschichte in einer der bekanntesten Zeitschriften des Landes nicht entgehen lassen würde – und behielt recht.
Keine halbe Stunde später hatte er den berühmten Zauberer am anderen Ende der Leitung.
»Nightingale hier. Wie geht es Ihnen?«, fragte er in einem offenen und herzlichen Plauderton.
»Großartig, Mr Nightingale. Mein Name ist Justus Jonas. Danke, dass Sie sich so kurzfristig Zeit für mich nehmen. Lassen Sie mich gleich zur Sache kommen: Ich bin da einer ungewöhnlichen Geschichte auf der Spur, bei der Sie eine

nicht ganz unerhebliche Rolle spielen. Es geht unter anderem um den Einbruch bei Ihnen vor fünf Jahren.«
Nightingale war irritiert. »Meine Sekretärin sprach von einer Titelstory …«
»Oh, sicher, sicher«, beeilte sich Justus zu sagen. »Eine ganz und gar außergewöhnliche Titelstory sogar! Ich werde Ihnen die Sache erklären, aber lassen Sie mich mit einer Frage beginnen: Sagt Ihnen der Name Pablo Rodriguez etwas?«
In Nightingales Irritation mischte sich leichte Verärgerung. »Nein, ich kenne keinen Pablo Rodriguez. Sagen Sie, sind Sie sicher, dass Sie nicht gerade meine Zeit vergeuden?«
»Ganz sicher, Mr Nightingale, ich erkläre es Ihnen. Der Name Ray Layton ist Ihnen bekannt, nicht wahr?«
»Ray Layton ist der Mann, der mich damals ausgeraubt hat. Ich verstehe immer noch nicht …«
»Eines ist Ihnen vielleicht nicht bekannt«, unterbrach ihn Justus. »Ray Layton ist seit einigen Wochen wieder auf freiem Fuß. Und er hat einen Zauberkünstler namens Pablo Rodriguez bedroht. Rodriguez ist aus Angst vor Layton geflohen und seitdem unauffindbar. Ich frage mich nun, was Layton von Rodriguez will. Und die Verbindung zu Ihnen scheint mir eine vielversprechende Spur zu sein.«
»Die Verbindung zu mir?«, wiederholte Nightingale, nun unverhohlen verärgert. »Verzeihen Sie, aber da liegt ein Missverständnis vor. Erstens gibt es keine Verbindung zu mir. Und zweitens habe ich diesem spontanen Interview nur zugestimmt, weil mein Management von einer Titelstory sprach, in der es um *mich* geht. Nicht um irgendeinen Kleinkriminellen, der zufällig mal bei mir eingebrochen ist.«

»Aber es *geht* um Sie«, versicherte Justus schnell. »Denn dieser Kleinkriminelle ist nicht zufällig bei Ihnen eingebrochen. Ray Layton scheint es auf Zauberer abgesehen zu haben. In Ihrem Fall haben ihn Geld und eine Münzsammlung zu einem Einbruch verleitet. Aber Mr Rodriguez ist nicht besonders wohlhabend. Bei ihm muss es einen anderen Grund geben. Vielleicht etwas, das Sie mit Rodriguez gemeinsam haben.«

»Aber ich *kenne* keinen Mr Rodriguez«, knurrte Nightingale. »Und er interessiert mich auch nicht. Ich habe jetzt Wichtigeres zu tun.«

»Es gibt da dieses Plakat«, sagte Justus schnell, da es so klang, als würde sein Gesprächspartner jede Sekunde auflegen. »Es hängt in der Wohnung von Mr Rodriguez. Es ist ein Veranstaltungsplakat, knapp hundert Jahre alt, von einem Zauberer namens Caligarov. Er hat einen Elefanten verschwinden lassen. Genau wie Sie.«

»Ja, und?«

»Ich dachte, dass die Gemeinsamkeit vielleicht dort zu suchen sein könnte.«

Nightingale antwortete nicht und Justus befürchtete schon, der Magier könnte das Gespräch beendet haben. Doch dann fragte er drohend: »Wollen Sie mir etwa unterstellen, ich hätte den Trick gestohlen?«

»Wie bitte? Nein, absolut nicht.«

»Für einen Magier wie mich ist es nun wirklich kein Problem, einen Elefanten verschwinden zu lassen. Ich habe mich durch das Notizbuch von Igor Caligarov lediglich *inspirieren* lassen.«

»Selbstverständlich, Mr Nightingale. Sie … Sie besitzen also ein Notizbuch von Caligarov?«

»Ich *besaß* ein Notizbuch von Caligarov! Davon reden wir doch die ganze Zeit, oder nicht?«

»Ich … ich verstehe nicht ganz.«

»Sie verstehen sehr gut, Mr Jonas«, antwortete Nightingale aufgebracht. »Ich habe vor vielen Jahren Igor Caligarovs Notizbuch bei einer Versteigerung erworben. Ich sammle alte Zaubereiutensilien. Aber nicht, um Tricks zu stehlen, sondern um mich inspirieren zu lassen, verstehen Sie den Unterschied?«

»Natürlich, Mr Nightingale. Ich habe niemals behauptet, Sie hätten irgendetwas gestohlen.«

»Das will ich Ihnen auch geraten haben.«

»Aber dieses Notizbuch befindet sich nun nicht mehr in Ihrem Besitz?«

»Nein, verdammt, hören Sie mir überhaupt zu? Ich dachte, Sie würden in dieser Geschichte recherchieren! Layton hat es mir gestohlen bei dem Einbruch damals! Und als er Jahre später das Versteck der Diebesbeute verriet, tauchte alles, was er mir gestohlen hatte, wieder auf. Die Münzsammlung, das Geld – alles. Bis auf das Notizbuch von Igor Caligarov. Als Layton danach gefragt wurde, sagte er, er könne sich an das Buch gar nicht mehr erinnern. Was das nun allerdings mit diesem Elefantenplakat bei Ihrem Mr Rodriguez zu tun hat, weiß ich nicht. Und es ist mir auch egal. Ich habe den Elefantentrick jedenfalls nicht gestohlen, auch wenn er in dem Notizbuch stand. Wenn Sie in Ihrem Artikel etwas anderes behaupten sollten, werden Sie von meinen Anwälten hören. Und jetzt reicht es mir, Mr Jonas, einen schönen Tag noch.«

»Eine letzte Frage habe ich noch!«, sagte Justus schnell und fuhr fort, bevor Nightingale Einwände erheben konnte. »Was hat es mit diesem Igor Caligarov überhaupt auf sich? Wer war dieser Mann?«

»Mein Gott, tun Sie mir einen Gefallen: Machen Sie Ihre Hausaufgaben, bevor Sie das nächste Mal Ihre Mitmenschen belästigen«, empörte sich Nightingale. »Igor Caligarov war der größte Betrüger, den die Welt der Zauberei je hervorgebracht hat! Und jetzt entschuldigen Sie mich, ich habe zu tun.«

Ohne ein weiteres Wort legte Nightingale auf.

Während Justus mit Nightingale telefonierte, holten Bob und Peter Quinn ab. Nun waren sie gemeinsam auf dem Weg zum Theater. Aufmerksam hielten sie Ausschau nach dem Dodge Diplomat.

»Seit dem Überfall gestern Abend habe ich das Gefühl, den Kerl an jeder Ecke lauern zu sehen«, gestand Quinn und blickte sich auf dem Fahrrad fortwährend um.

»Er hat übrigens inzwischen einen Namen«, sagte Bob. »Ray Layton. Sagt dir das was?«

Quinn schüttelte den Kopf. »Nie gehört.«

»Und wie steht es mit Nightingale?«

»Meinst du den Zauberer?«

Bob nickte.

»Den kenne ich natürlich aus dem Fernsehen.«

»Fällt dir irgendeine Verbindung zwischen ihm und Pablo

ein? Oder sind sich die beiden vielleicht mal persönlich begegnet?«
Quinn zuckte mit den Schultern. »Nicht dass ich wüsste.«
Peter und Bob versuchten, sich ihre Enttäuschung nicht anmerken zu lassen. Sie erreichten Pablos Zauberkabinett und sahen sich erst einmal aufmerksam um. Niemand schien in der Nähe zu sein.
»Ich glaube, die Luft ist rein«, meinte Peter. Sie gingen auf die Rückseite des Gebäudes, stiegen die Treppe unter der Kellerluke hinab und betraten den Wohnraum.
Quinn ging zu dem Kaninchen und sprach leise mit ihm, gab ihm frisches Wasser und Futter. Währenddessen betrachteten Peter und Bob das Plakat mit dem Elefanten.

*Caligarov lässt vor Ihren Augen
einen leibhaftigen Elefanten verschwinden!*

St. George's Hall, London, 12. Oktober

Peter kratzte sich ratlos am Kopf. »Und nun? Was sagt uns das jetzt?«
»Nichts«, gestand Bob.
Sie betrachteten das Sammelsurium aus Notizen und Zeitungsausschnitten, das um das Plakat herum drapiert war: Flugblätter, Anzeigen und Zeitungsartikel – alles drehte sich um Caligarovs Auftritte: Igor Caligarov in Paris, Igor Caligarov in Berlin, Igor Caligarov in Wien. Daneben eine kleine handgeschriebene Liste, auf der die Auftritte des Zauberers der Reihe nach aufgelistet waren, inklusive der Hotels, in

denen er zu jener Zeit gewohnt hatte. Die Liste umfasste einen Zeitraum von zwei Jahren. Auf einer Europakarte waren die einzelnen Stationen seiner Auftritte rot markiert. Über alldem hing die detaillierte Zeichnung einer goldenen Krone, die mit roten Edelsteinen besetzt war. Was sie mit dem Rest zu tun hatte, erschloss sich ihnen nicht.

»Weißt du, was es mit diesem Igor Caligarov auf sich hat, Quinn?«, fragte Bob.

Quinn, der noch immer bei dem Kaninchen hockte, zuckte die Schultern. »Caligarov ist eine Art Hobby von Pablo. Er stand oft vor dieser Pinnwand und hat sich damit beschäftigt. Aber warum oder wieso, das hat er mir nie gesagt.«

»Und diese rote Krone?«, hakte Bob nach. »Die scheint irgendwie nicht dazuzugehören.«

»Ich habe keine Ahnung, Bob.«

Der dritte Detektiv war frustriert. Er hatte die Hoffnung gehabt, hier unten auf eine Spur zu stoßen. Aber vielleicht war das mit dem Elefantentrick doch nur Zufall und es gab überhaupt keinen Zusammenhang.

»Wie hat er das nur gemacht?«, murmelte Peter, den Blick auf das Elefantenplakat gerichtet. »Den Elefanten verschwinden lassen, meine ich.«

»Wer – Nightingale oder Caligarov?«, fragte Bob.

Peter zuckte mit den Schultern. »Beide.«

»Ach, das ist ganz simpel«, sagte Quinn.

Peter lachte. »Simpel? Was soll denn daran simpel sein? Kannst du etwa einen Elefanten wegzaubern?«

»Wenn ich einen hätte, könnte ich es«, behauptete Quinn.

»Das glaube ich dir nicht. Wie soll denn das gehen?«

Quinn grinste schief. »Zauberei. Soll ich es dir zeigen? Ich könnte Houdini verschwinden lassen.«
»Wen?«
Er wies auf das Kaninchen. »Houdini.«
Peter nickte. »Einverstanden.«
»Dann gehen wir am besten hoch«, sagte Quinn. »Ein guter Zaubertrick braucht eine richtige Bühne.«
Quinn nahm das Kaninchen aus dem Käfig. Sie eilten die Wendeltreppe hinauf nach oben. Quinn schaltete die Bühnenbeleuchtung ein und setzte Houdini auf ein schwarzes Tischchen, während Bob und Peter in der ersten Reihe Platz nahmen.
»Du glaubst mir also nicht, dass ich dieses Kaninchen wegzaubern kann, Peter?«
Der Zweite Detektiv schüttelte energisch den Kopf.
»Dann pass gut auf!« Quinn strich Houdini über die Ohren, dann legte er ein weißes quadratisches Tuch über das Tier. Mit geschlossenen Augen massierte Quinn sich seine Schläfen, als würde er sich stark konzentrieren. Dann, ganz plötzlich, machte er einen schnellen Schritt vor und zog das Tuch weg.
Houdini war verschwunden.

Unsichtbar und trotzdem da

Das Kaninchen war weg. Einfach weg.
Peter traute seinen Augen nicht. »Wo ist es?«
»Weggezaubert«, sagte Quinn.
»Nein, ich meine, wo ist es *wirklich*?«
Quinn zuckte nur mit den Achseln.
»Kannst du es wieder herzaubern?«
»Hm, wollen wir mal sehen«, murmelte Quinn, legte den Finger an die Lippen und lief nachdenklich auf und ab. »Wie könnte ich Houdini zurückbringen? Das ist gar nicht so einfach.« Und plötzlich, nachdem er an dem Tischchen vorbeigegangen war, war das Kaninchen wieder da! Es saß schnuppernd auf der Tischplatte, als wäre es nie weg gewesen, herbeigezaubert in dem winzigen Augenblick, als der Tisch von Quinns Körper verdeckt gewesen war.
»Das gibt's doch gar nicht!«, rief Peter, sprang auf und kletterte auf die Bühne. »Ich habe genau hingesehen! Aber ich habe es nicht kapiert. Du, Bob?«
Bob schüttelte den Kopf.
Quinn lächelte stolz. »Das könnte ich auch mit einem Elefanten machen, wenn ich wollte. Das Wegzaubern zumindest. Das Zurückzaubern ist etwas schwieriger.«
Peter runzelte die Stirn und dachte angestrengt über diesen Satz nach, während sie wieder nach unten gingen. Aber er kam trotzdem nicht drauf, wie der Trick funktionierte.
»Quinn, bitte«, flehte er schließlich. »Ich weiß, dass Zauberer ihre Tricks nicht verraten. Aber wir ermitteln hier in einem

Fall! Und so bescheuert es klingt – der verschwundene Elefant von Nightingale ist bislang unsere einzige Verbindung!«
Bob nickte bekräftigend. »Es ist wirklich so, Quinn. Es könnte ja sein, dass Hasenmörder hinter diesem Trick her ist.«
»Das glaube ich nicht«, widersprach Quinn. »Den kann nun wirklich jeder.«
Peter hob die Augenbrauen. »Tatsächlich?«
»Also schön«, rang Quinn sich durch. »Ich verrate euch die Lösung. Aber nur, weil sie ohnehin kein besonders großes Geheimnis ist. Ich führe euch den Trick noch einmal vor, allerdings hier unten. Einen Moment.« Er setzte Houdini auf einen Stuhl und eilte noch einmal hinauf, um das weiße Tuch zu holen. Dann legte er es über das Kaninchen. Und zog es wieder weg. Houdini saß immer noch auf dem Stuhl, allerdings bedeckt mit einem anderen Tuch, einem schwarzen.
»Nanu?«
Bob begriff es als Erster. »Unter dem weißen Tuch ist ein schwarzes versteckt! Hier auf dem Stuhl sieht man es sofort. Aber oben auf der Bühne ist es unsichtbar, weil es vor dem schwarzen Hintergrund verschwindet!«
Quinn nickte. »Das Kaninchen ist die ganze Zeit da. Nur eben unsichtbar. Es ist alles eine Frage des Hintergrunds und der Beleuchtung. Und man muss natürlich ein bisschen üben, damit das schwarze Tuch liegen bleibt, wenn man das weiße wegzieht.«
»Das ist ja ganz einfach«, meinte Peter fast ein bisschen enttäuscht.
»Habe ich doch gesagt.«

»Und wie hast du es wieder hergezaubert?«
»Ich habe das schwarze Tuch blitzschnell weggezogen und verschwinden lassen, als ich an dem Tisch vorbeiging. Mit einem Kaninchen geht das. Bei einem Elefanten würde man es sehen. Deshalb ist das Zurückzaubern auch schwieriger.«
»Toll«, fand Bob. »Nur leider hilft uns das bei unseren Ermittlungen auch nicht weiter.«
»Hm …«, murmelte Peter und ging langsam auf das Plakat an der Wand zu. »Vielleicht doch. Ich habe gerade eine Idee. Dieser Trick mit dem Kaninchen, der funktioniert doch im Grunde genommen so, dass man nur *glaubt*, das Kaninchen wäre verschwunden. Eigentlich ist es aber noch da. Nur unsichtbar. Richtig?«
»Richtig.«
Peter pulte die unteren Heftzwecken aus dem Plakat und hob es an, sodass die Klappe in der Wand zum Vorschein kam. »Was wäre, wenn es hier genauso ist? Pablo hat ein Geheimversteck. Aber wozu braucht ein Zauberer ein Geheimversteck? Er könnte das, was er verstecken will, doch auch einfach unsichtbar machen.«
Bob runzelte die Stirn. »Quinn hat uns doch gerade gezeigt, dass das nur funktioniert, wenn der Hintergrund und die Beleuchtung stimmen.«
»Genau«, bestätigte Peter, öffnete die Klappe und zeigte in die Öffnung. »Hintergrund: schwarz. Beleuchtung: schwach. Wenn ich ein Zauberer wäre, würde ich meine Wertgegenstände nicht einfach nur in ein Geheimfach legen. Ich würde sie wegzaubern. Unsichtbar machen.« Peter beugte sich vor und leuchtete mit dem Display seines Handys in die Öff-

nung. An der hinteren Wand des Fachs befand sich ein kleiner Metallhaken. Er war ebenfalls schwarz, sodass man ihn selbst mit Licht kaum sehen konnte. Peter zog daran und plötzlich ließ sich die Rückwand des Geheimfachs wie eine Tür öffnen. Dahinter lag ein zweites Geheimfach. »Ha!«, triumphierte er.

»Peter!«, rief Bob überrascht. »Das … das …«

»… hättest du mir gar nicht zugetraut?« Peter grinste. »Da kannst du mal sehen. Das einzig Blöde ist, dass Justus nicht hier ist. Ihr müsst mir versprechen, dass ihr ihm genau erzählt, wie es war: *Ich* habe das Geheimversteck gefunden! Und ich bin durch reines *Nachdenken* draufgekommen! Durch Nachdenken! Ich! Und niemand sonst!« Er steckte die Hand in das zweite Fach. Seine Finger ertasteten einen Gegenstand. Er holte ihn heraus. Es war ein rechteckiges Etwas, eingewickelt in ein rotes Stück Samt. Peter wog es in den Händen. »Fühlt sich an wie …« Er schlug den Samt zur Seite. »… ein Buch.«

Es war schmal, eingebunden in dünnes, brüchig und speckig gewordenes schwarzes Leder. Vorsichtig nahm Peter es in die Hand und betrachtete es von allen Seiten. Von außen war es gänzlich unbeschriftet. Er schlug die erste Seite auf. In verschnörkelten Buchstaben stand dort handgeschrieben:

Igor Caligarov

Der Zweite Detektiv begann, es durchzublättern. Es war zu etwa zwei Dritteln vollgeschrieben in einer filigranen Handschrift, die Peter kaum entziffern konnte. Fast auf jeder Seite waren außerdem kleine Zeichnungen zu sehen: zum Großteil fremdartige Apparaturen voller Sprungfedern und Stangen und Scharniere. Beim ersten, flüchtigen Blättern entdeckte Peter auch eine Zeichnung von einem Elefanten, der unter einem Tuch steckte. Ohne den Text zu lesen, erkannte er, dass es die Beschreibung des Tricks war, den Quinn ihnen mit dem Kaninchen gezeigt hatte.

»Ein Notizbuch, das mal Igor Caligarov gehört hat«, sagte Bob. »Interessant. Wusstest du, dass Pablo es hat?«

Quinn schüttelte den Kopf.

»Es sieht so aus, als sollten wir uns näher mit diesem Caligarov beschäftigen.«

Plötzlich hörten sie von draußen Geschrei.

Jemand rief um Hilfe!

Bob eilte zum Oberlicht und spähte hinaus. »Da kämpfen zwei Männer miteinander!«, rief er erschrocken. »Auf dem Wanderweg. Sie prügeln sich! Das ... das ist ja Hasenmörder! Er macht den anderen fertig!«

»Wir müssen was unternehmen!«, rief Peter. Er legte das Buch schnell zurück in das Geheimfach, schloss es, machte die äußere Klappe zu und ließ das Poster darüberfallen. Dann rannten alle drei zur Tür und die Treppe hinauf nach draußen.

Der Kampf spielte sich am Beginn des Wanderwegs ab. Ein Mann lag auf dem Bauch im trockenen Gras und schrie. Hasenmörder hockte auf seinem Rücken und schlug auf sein Opfer ein.

Plötzlich hob er den Kopf und bemerkte Bob, Peter und Quinn. Sie rannten auf ihn zu. Sofort ließ er von seinem Opfer ab, sprang auf und floh in den Wald.

Die Jungen brauchten noch ein paar Sekunden bis zu dem am Boden liegenden Mann. In der Ferne war nur noch das Knacken von Hasenmörders Schritten im Unterholz zu hören. Sehen konnten sie ihn zwischen den dicht stehenden Platanen nicht mehr.

»Verflixt«, keuchte Peter. »Den kriegen wir nicht mehr!«

Bob hatte sich über den Mann gebeugt. »Sind Sie verletzt?«

Der Fremde war etwa Anfang vierzig, klein und schmal. Er hatte lichtes, braunes Haar und trug eine dicke Brille, die ihm halb von der Nase gerutscht war. Er trug Sportkleidung und neben ihm lagen Nordic-Walking-Stöcke. Verwirrt und geschockt sah er die Jungen an, rappelte sich hoch und lehnte sich gegen einen Baumstamm. »Euch schickt der Himmel!«, stöhnte er. »Ich dachte, ich sei ganz allein hier. Wenn ihr nicht gekommen wärt, hätte der Kerl mich umgebracht!«

»Was ist denn passiert?«, fragte Bob.

»Ich … ich weiß es selbst nicht genau. Ich marschierte durch den Canyon. Sport, wisst ihr.« Er wies auf die beiden Stöcke. »Und da raschelte es auf einmal im Gestrüpp neben mir. Hinter dem Baumstamm dort hockte ein Kerl und beobachtete das große Haus. Oder das Zirkuszelt oder was das ist. Er hatte ein Fernglas in der Hand.«

Bob, Peter und Quinn tauschten beunruhigte Blicke.

»Ich habe ihn angesprochen. ›Was machen Sie denn da?‹, habe ich gefragt. Aber er meinte nur, ich solle abhauen. Ich habe gesagt, dass ich die Polizei rufen würde, wenn er nicht sofort aufhört, heimlich Häuser zu beobachten. Da sprang er auf einmal hoch und stürzte sich auf mich. Dieser Kerl ist brutal! Wenn ihr nicht gewesen wärt …«

Er brach ab und rang nach Luft, schien seine Angst niederzukämpfen. Es dauerte eine Weile, bis er sich beruhigt hatte.
»Sie müssen den Kerl anzeigen«, sagte Bob bestimmt. »Zufällig wissen wir, wer er ist.«
»Tatsächlich?«
Bob nickte. »Sein Name ist Ray Layton. Und er war wahrscheinlich unseretwegen hier. Sie müssen zur Polizei gehen. Wir können als Zeugen aussagen.«
Der Mann dachte kurz darüber nach, dann nickte er entschlossen. »Das werde ich auch. So ein brutaler Kerl gehört ins Gefängnis!«
»Da kommt er gerade her.«
Quinn half dem Mann, als er Anstalten machte aufzustehen. Einen Moment wirkte er noch benommen und stützte sich bei Quinn ab, doch dann straffte er sich und hob seine Laufstöcke auf. »Ich gehe jetzt sofort zur Polizei.«
»Wir werden Sie begleiten«, schlug Peter vor.
»Das ist nicht nötig. Mein Auto steht gleich dahinten am Ende der Straße.«
»Dann begleiten wir sie bis dorthin«, sagte Peter und das taten sie.
Nachdem der Mann in seinen Wagen gestiegen war, wandte er sich noch einmal an die Jungen: »Vielleicht könnt ihr mir eure Namen sagen, falls die Polizei mit euch sprechen will.«
Bob nickte und gab ihm ihre Visitenkarte. »Sagen Sie den Polizisten am besten, sie sollen sich mit Inspektor Cotta aus Rocky Beach in Verbindung setzen. Der wird mit dem Namen Ray Layton etwas anfangen können und schnell handeln.«

»Vielen Dank. Danke für eure Hilfe!« Er fuhr los und sie sahen ihm nach, bis er hinter der nächsten Biegung verschwunden war.

»So, und jetzt möchte ich wissen, was Hasenmörder überhaupt beobachten konnte«, sagte Bob und sie kehrten zu der Stelle zurück, an der Ray Layton sich versteckt hatte. Bob spähte am Baumstamm vorbei auf das Theater. »Oh nein«, sagte er.

»Was ist los, Bob?«

»Man kann durch die Oberlichter ins Kellergeschoss sehen. Viel erkennen kann man natürlich nicht. Aber mit einem Fernglas …«

»Du meinst, er hat gesehen, wie wir das Buch entdeckt haben?«, fragte Peter und eine schlimme Ahnung stieg in ihm auf. »Und wir haben die Tür nicht abgeschlossen!«

Der Zweite Detektiv verlor keine Sekunde und rannte los. Er hatte das Geheimversteck bereits erreicht, als Quinn und Bob die Treppe hinunterstolperten. Peter hob das Poster an, öffnete die Klappe und danach das zweite Geheimfach.

Es war leer. Das Buch war nicht mehr da.

Der größte Betrüger in der Welt der Zauberei

Justus war gleich vom Schrottplatz aufgebrochen, nachdem er das Gespräch mit Nightingale beendet hatte. Er trat schneller als sonst in die Pedale, denn er brannte darauf, seinen Freunden alle aufregenden Neuigkeiten zu erzählen.
Er hatte den Rustic Canyon fast erreicht, da kam ihm ein weißer Dodge Diplomat mit Holzverkleidung entgegen. Instinktiv senkte Justus den Blick und sah unauffällig zur Seite, bis der Wagen an ihm vorbei war. Doch aus dem Augenwinkel erkannte er Hasenmörder am Steuer. Sobald er einigermaßen sicher war, dass dieser ihn nicht mehr im Rückspiegel hatte, machte Justus kehrt und jagte ihm hinterher.
Er fuhr, so schnell er konnte. Er wusste, dass er kaum eine Chance hatte, den Wagen einzuholen. Aber wenn er wenigstens ungefähr die Richtung herausfand, in die er fuhr …
Der Dodge tauchte wieder auf. Er stand an einem Stoppschild und ließ den Querverkehr vorbei. Justus beugte sich über den Lenker und gab alles. Da fuhr der Dodge wieder an. Justus betete, dass er nicht auch am Stoppschild halten musste, und er hatte Glück – die Straße war frei.
Der Weg führte durch ein großes Wohnviertel von Pacific Palisades. Die vielen Querstraßen bremsten Hasenmörder aus. Dass es die ganze Zeit leicht bergab ging, war ebenfalls von Vorteil für Justus. Trotzdem brannte seine Lunge schon nach kurzer Zeit und er hatte das Gefühl, dieses Tempo nicht mehr lange durchhalten zu können.

Plötzlich setzte der Dodge den Blinker und bog links ab. Justus nutzte eine Lücke im Gegenverkehr und rollte mit kaum verminderter Geschwindigkeit hinterher. Der Dodge hatte am rechten Straßenrand angehalten. Justus bremste so stark, dass sein Rad ins Schlingern kam. Die Fahrertür ging auf und Hasenmörder stieg keine dreißig Meter vor ihm aus dem Wagen. Justus riss den Lenker herum und fuhr in die nächste Garageneinfahrt, zwei Häuser vom Dodge entfernt. In der Einfahrt stand ein ungefähr zehnjähriger Junge und dribbelte mit einem Basketball. Mit quietschenden Reifen kam Justus direkt vor ihm zum Stehen.

Der Junge sah ihn mit großen Augen an, ohne mit dem Dribbeln aufzuhören. »Wer bist du denn? Willst du zu meiner Schwester? Die ist nicht da.«

»Ach ja?«, keuchte Justus. »Wie schade. Vielleicht könnte ich hier auf sie warten.« Er schielte auf die Straße. Eine Hecke gab ihm etwas Deckung.

Hasenmörder ging auf ein kleines Haus zu, schloss die Tür auf und war verschwunden.

»Sag mal, geht's dir nicht gut?«, fragte der Junge halb besorgt, halb verärgert.

»Äh, doch. Schönen Gruß an deine Schwester!« Justus machte auf dem Fahrrad kehrt und ließ sich auf die Straße rollen. So langsam wie möglich fuhr er an dem Gebäude vorbei, in das Hasenmörder gegangen war: ein kleines Wohnhaus, kaum breiter als die benachbarte Garage. An der Straße stand der Briefkasten auf einem Holzpfahl. Justus kniff die Augen zusammen und konnte den Namen entziffern: Sullivan.

Eine Observierung des Hauses am helllichten Tag war zu

riskant, also schlug der Erste Detektiv den Weg zum Rustic Canyon ein. Er war noch nicht weit gekommen, als sein Handy klingelte. Justus hielt an. Es war Bob.
»Bob, was gibt's?«
»Bist du zufällig auf dem Weg zu uns?«, fragte Bob.
»Ja«, antwortete Justus. »Ich brauche aber noch eine Viertelstunde.«
»Du kannst wieder umdrehen. Wir sind nicht mehr im Theater, sondern auf dem Weg nach Rocky Beach. Treffpunkt auf dem Schrottplatz! Bis gleich!«

Eine halbe Stunde später saßen die drei Detektive in der Zentrale und tauschten Neuigkeiten aus.
»*Ich* habe das Buch entdeckt! Ich!«, rief Peter wütend. »Und dann war ich zu blöd, daran zu denken, die Tür abzuschließen.«
»Gräm dich nicht, Peter«, sagte Bob. »Wir waren alle zu blöd.«
»Das ist keine Entschuldigung.«
»Wie hättet ihr ahnen können, dass Hasenmörder so dreist ist, direkt nach seinem Angriff auf den Spaziergänger in das Theater einzudringen, anstatt zu fliehen«, sagte Justus. »Ich mache euch keinen Vorwurf. Ein Mensch war in Not, ich hätte die Tür auch vergessen.«
»Das Buch ist weg«, sagte Peter verdrossen. »Da mache ich *einmal* eine Entdeckung und dann ist sie nichts wert.«
»Irrtum«, sagte Justus. »Sie ist sehr wohl etwas wert. Sie ist sogar in höchstem Maße aufschlussreich. Außerdem ist das Buch nicht wirklich weg, denn immerhin wissen wir, wo es sich befindet.«

»Wieso wissen wir, wo es sich befindet?«, fragte Peter verständnislos.
»Weil ich weiß, wo sich Hasenmörder aufhält.« Und nun erzählte Justus von seinem Abenteuer.
»Wahnsinn!«, rief Peter. »Dann müssen wir uns das Buch zurückholen!«
»Aber damit warten wir besser, bis die Polizei bei Hasenmörder aufgetaucht ist«, sagte Bob. »Unser Spaziergänger wollte ihn sofort anzeigen. Das heißt doch, dass sie gleich ein paar Leute zu ihm nach Hause schicken und ihn vorläufig festnehmen werden, oder?«
»Möglicherweise«, sagte Justus. »Allerdings stand nicht sein Name auf dem Briefkasten, sondern der Name Sullivan. Vielleicht war das sein Kompagnon beim Nightingale-Einbruch. In den Zeitungen war doch von einem Steven S. die Rede. S wie Sullivan. Auf jeden Fall ist es gut möglich, dass Hasenmörder nicht bei dieser Adresse gemeldet ist.«
»Er könnte diesen Sullivan auch bloß besuchen«, überlegte Bob.
Justus schüttelte den Kopf. »Er hatte einen eigenen Schlüssel. Das heißt aber nicht, dass die Polizei weiß, wo er sich aufhält.«
»Dann rufen wir Cotta an und sagen es ihm«, meinte Peter. »Vielleicht bessert sich dann auch wieder seine Laune.«
»Erst will ich aber noch wissen, warum die Entdeckung des Buches ›in höchstem Maße aufschlussreich‹ sein soll, Justus«, sagte Bob.
Justus lehnte sich genüsslich in seinem Sessel zurück. »Das ist eine längere Geschichte. Macht euch auf was gefasst.«

»Onkel Justus' Märchenstunde«, sagte Peter. »Wir sind gespannt!«

Der Erste Detektiv berichtete seinen Freunden von seinem Telefonat mit Nightingale. »Als er Igor Caligarov als größten Betrüger in der Welt der Zauberer bezeichnete, wurde ich natürlich hellhörig. Er erzählte mir aber nicht viel, sondern legte bald auf. Den Rest habe ich im Internet nachgelesen. Igor Caligarov ist vor allem deshalb ein Betrüger gewesen, weil es ihn in Wirklichkeit gar nicht gab.«

Bob und Peter sahen einander verblüfft an. »Okay, jetzt hast du unsere vollste Aufmerksamkeit«, meinte Peter. »Weiter!«

»Caligarov machte in den Zwanzigerjahren in Europa als Zauberkünstler innerhalb kürzester Zeit von sich reden. Angeblich stammte er aus Russland und war dort am Hofe des Zaren aufgetreten, bevor er nach der Revolution in den Westen ging. Er hatte Shows auf allen großen Bühnen Europas und verkehrte bald in höchsten Kreisen. Zauberei war damals wahnsinnig populär. Alle wollten ihn sehen, weil seine Auftritte spektakulär waren, und schon bald gab er exklusive Zaubervorstellungen beim europäischen Hochadel und bei den Reichsten der Reichen. Seine letzte Vorstellung fand statt auf der Hochzeit von Leonore Stahl, dem jüngsten Spross einer steinreichen Industriellenfamilie. Die Hochzeit war ein millionenschweres Großereignis mit hunderten von Gästen. Leonore Stahl war vernarrt in Zauberei und sie hatte sich zu ihrer Hochzeit einen Auftritt von Igor Caligarov gewünscht. Er wurde engagiert, absolvierte sein Programm, inklusive Elefant übrigens, und holte Leonore schließlich zu sich auf die Bühne. Dort bat er sie um ihre Tiara.«

»Tiara?«, wiederholte Peter. »Was ist das?«
»Ein Schmuckstück. Eine Art Diadem, das in Adelskreisen von Damen oft statt einer Krone getragen wird.«
»Ach, so'n Glitzerhaarreif!«
Justus nickte. »Ein Glitzerhaarreif. Genau.«
»War diese Leonore Stahl denn adlig?«, fragte Bob.
»Nein. Aber ihre Familie hatte genügend Geld, um so zu tun, als ob. Caligarov bat Leonore also, ihre Tiara abzunehmen. Sie gab ihm das Schmuckstück. Caligarov ließ es unter einem Tuch verschwinden, zauberte es aber selbstverständlich eine Minute später wieder zurück. Alle applaudierten und irgendwann war die Show zu Ende. Als man die Tiara am Tag nach den Hochzeitsfeierlichkeiten in den Tresor zurückbringen wollte, fiel auf, dass es nicht die echte war, sondern eine Fälschung.«
»Du meinst, Caligarov hat sie während seiner Show ausgetauscht?«
Justus nickte. »Und der Verdacht erhärtete sich, als Caligarov nicht mehr auffindbar war. Er hatte das Land noch in der Nacht nach seinem Auftritt verlassen und war spurlos verschwunden. Natürlich wurde er sofort gesucht. Die Zeitungen stürzten sich auf die Geschichte und schon bald war halb Europa auf der Suche nach dem Zauberer. Aber Caligarov blieb verschwunden. Man versuchte, ihm auf die Spur zu kommen, indem man mehr über seine Vergangenheit herausfand. Dabei wurde bald klar, dass es gar keine Vergangenheit gab. Einen Mann namens Igor Caligarov hatte es am russischen Zarenhof niemals gegeben. Und auch sonst gab es keinerlei Zeugnisse seiner Existenz.«

Peter runzelte die Stirn. »Ich kapier's mal wieder nicht.«
»Der Mann, der sich Igor Caligarov genannt hatte, war ein Hochstapler gewesen. Er war ohne Zweifel ein brillanter Zauberer, aber die abenteuerlichen Geschichten über seine Auftritte vor dem Zaren und die Flucht vor der Revolution waren alle gelogen. Er hatte sich diese schillernde Identität erschaffen und war damit in den feinen Gesellschaften Europas hausieren gegangen. Er hatte sich Zugang in die obersten Kreise erschlichen und seine Rolle zwei Jahre lang perfekt gespielt. Und schließlich bekam er, was er haben wollte. Er tauchte ab und ward nie mehr gesehen. Die Tiara ebenso wenig. Jahrelang versuchte man herauszufinden, unter welcher Identität Caligarov vorher gelebt hatte. Oder welche er danach annahm. Aber Igor Caligarov blieb wie vom Erdboden verschluckt. Deshalb nannte Nightingale ihn den größten Betrüger: Schon seine Existenz war ein Betrug.«
»Denkst du, er hatte es die ganze Zeit auf die Tiara abgesehen?«, fragte Bob.
Justus zuckte mit den Schultern. »Darüber kann man heute nur noch spekulieren. Vielleicht wäre ihm ein anderes Schmuckstück ebenso recht gewesen. Er musste lediglich genügend Zeit haben, eine Fälschung anfertigen zu lassen. Mit der Tiara von Leonore Stahl hatte er allerdings einen Volltreffer gelandet. Sie wird auch die Blutstiara genannt, weil sie unter anderem mit acht roten Diamanten besetzt ist. Diese wurden aus einem der größten roten Diamanten geschliffen, der je gefunden wurde, dem Stern der Namib. Da rote Diamanten die seltensten Diamanten überhaupt sind, sind sie natürlich besonders wertvoll.«

»Moment mal«, sagte Peter stirnrunzelnd. »Rote Diamanten? Tiara? Ein Bild von dem Ding hängt doch an Pablos Pinnwand! Über dem Elefantenplakat und dem ganzen anderen Kram.«

»Du hast recht, Peter.« Bob nickte nachdenklich. »Ich hatte mich die ganze Zeit gefragt, was diese Krone mit dem Rest zu tun hat. Aber jetzt ergibt das einen Sinn: Pablo war auf der Suche nach der Blutstiara! Deshalb die ganzen Notizen über Caligarov. Er versuchte herauszufinden, wohin der Zauberer und damit auch die Tiara verschwunden waren.«

»Es würde sich auf jeden Fall lohnen«, sagte Justus, »denn die Blutstiara ist eines der wertvollsten Schmuckstücke der Welt.«

Bob stand auf und ging zum Bücherregal, das an einer Wand der Zentrale stand. Hier bewahrten die drei ??? eine ansehnliche Sammlung an Nachschlagewerken auf. Sie war zwar etwas unsortiert, doch nach kurzem Suchen fand der dritte Detektiv das Buch, auf das er es abgesehen hatte. »Berühmte Edelsteine und ihre Geschichte«, sagte er und zog den Band heraus. »Hat es sich doch gelohnt, dass ich das Buch aus der Stadtbibliothek mitgenommen habe, als es aussortiert werden sollte. Mal sehen, ob hier etwas über die Blutstiara drinsteht.« Er setzte sich wieder und blätterte in dem Band. »Der Excelsior … der Koh-i-Noor … hier, der Stern der Namib. Stammt aus Namibia. Einer der größten roten Diamanten der Welt. Wurde in acht Teile gespalten, die in die berühmte Blutstiara eingearbeitet wurden. Die Blutstiara wurde bei der Hochzeit von Leonore Stahl gestohlen und gilt seitdem als verschollen. Der Stern der Namib ist im Kapitel ›Rote

Diamanten‹ zu finden. Da stehen auch noch der Moussaieff Red, der Kazanjian Red und der De Young Red. Ein weiteres berühmtes Schmuckstück mit roten Diamanten ist das Aurora-Collier, das sich im Besitz eines europäischen Königshauses befindet.«

»Dass man einen großen Diamanten in acht kleine zerschneidet, finde ich ein starkes Stück«, sagte Peter. »Wieso macht man denn so was? Das ist doch eine Schande!«

»So etwas gibt es häufiger«, sagte Justus. »Der Cullinan-Diamant zum Beispiel war der größte Diamant der Welt, bis man ihn in neun große und fast hundert weitere kleine Steine gespalten hat. Sie sind heute Bestandteil der britischen Kronjuwelen.«

»Auch die Diamanten des Aurora-Colliers waren ursprünglich mal ein einziger«, fügte Bob hinzu, den Blick immer noch auf das Buch gerichtet.

»Das ist keine Erklärung«, meinte Peter, ließ das Thema dann aber ruhen. »Egal. Es geht also um einen roten Glitzerhaarreif. Meint ihr, Pablo war bei seiner Suche erfolgreich?«

Justus schüttelte den Kopf. »Dann hätte er seine Rechercheergebnisse von der Wand abgenommen.«

»Woher kam denn überhaupt Caligarovs Notizbuch?«, fragte Bob. »Warum tauchte es auf, wenn Caligarov doch verschwunden war?«

»Ich weiß es nicht«, antwortete Justus. »Nightingale sagte nur, er habe es bei einer Versteigerung erstanden. Ich denke, er als Zauberer kannte die Geschichte der verschwundenen Tiara, ist aber nie auf den Gedanken gekommen, dass in dem Notizbuch ein Hinweis versteckt sein könnte. Ihm ging es nur um das Buch als Sammlerstück beziehungsweise als Inspiration. Äußerst rätselhaft finde ich allerdings die Frage, wie Pablo in den Besitz des Notizbuchs kam, nachdem Hasenmörder es gestohlen hatte.«

Bevor sie diese Frage weiter erörtern konnten, hörten sie draußen Tante Mathilda nach Justus rufen.

»Oje, deine Tante«, stöhnte Peter. »Bestimmt hat sie wieder Arbeit für uns.«

Doch diesmal ging es nicht um Arbeit. »Justus! Hier ist Besuch für dich!«

Gemeinsam verließen sie die Zentrale durch das Kalte Tor. Auf dem Schrottplatz standen Tante Mathilda und Quinn.

»Ah, da seid ihr ja. Dieser junge Mann hält schon seit einer Weile Ausschau nach euch.«

»Hallo, Quinn!«

»Ich muss dringend mit euch reden!«, raunte der Junge ihnen mit einem schlecht verborgenen Seitenblick auf Tante Mathilda zu.

»Ich gehe ja schon«, sagte Tante Mathilda lächelnd. »Justus, machst du bitte gleich das Tor zu? Wir schließen in fünf Minuten.«

»Alles klar, Tante Mathilda.«

»Und in einer Stunde gibt es Abendessen«, fügte Tante Mathilda hinzu und bedachte Justus mit einem durchdringenden Blick, bevor sie sich umwandte und ging.

Als seine Tante außer Hörweite war, fragte Justus: »Was ist denn passiert, Quinn?«

»Mein Handy ist weg. Seit vorhin. Seitdem wir im Theater waren, meine ich. Ich hatte es noch, als Peter das Geheimversteck entdeckte, das weiß ich ganz genau. Und als ich zu Hause war, hatte ich es nicht mehr.«

Bob runzelte die Stirn. »Vielleicht hast du es verloren, als wir dem Spaziergänger zu Hilfe geeilt sind. Da sind wir ja ziemlich gerannt.«

Doch Quinn schüttelte entschieden den Kopf. »Ich bin noch mal hingefahren und habe den ganzen Weg abgesucht, zweimal. Außerdem fällt es nicht aus meiner Hosentasche, auch nicht, wenn ich renne. Jemand muss es mir gestohlen haben.«

Im ersten Moment dachte Bob, dass Quinn übertrieb, doch dann begriff der dritte Detektiv, worauf Quinn hinauswollte. »Du meinst doch nicht etwa …«

»… den Spaziergänger!?«, rief Peter.

Quinn nickte. »Ich habe ihm hochgeholfen. Er hat sich ziemlich an mir festgehalten. Es wäre nicht schwierig für ihn gewesen, mir das Handy abzunehmen.«

»Ich kann mir das nicht vorstellen«, sagte Peter kopfschüttelnd. »Wir haben den Mann schließlich vor dem Hasenmörder gerettet! Glaubst du wirklich, dass er dir zum Dank das Handy klaut?«

»Mensch, Peter!«, rief Bob. »Begreifst du denn nicht? Hasenmörder hat den Mann überhaupt nicht überfallen! Das war ein Ablenkungsmanöver – und zwar ein doppeltes! Hasenmörder konnte das Notizbuch klauen, und der Spaziergänger kam an das Handy ran!«

»Das Handy, das Hasenmörder schon gestern Abend unbedingt haben wollte«, sagte Justus. »Bob hat recht, das kann kein Zufall sein. Euer Spaziergänger und Hasenmörder haben zusammengearbeitet. Es würde mich nicht wundern, wenn dieser Spaziergänger Steven Sullivan ist. Der Mann, zu dem Hasenmörder gefahren ist. Der Mann, mit dem zusammen er damals Nightingale überfallen hat. Und deshalb wird der auch keine Anzeige erstattet haben. Er hat euch etwas vorgemacht. Jetzt hat Hasenmörder Pablos Nummer. Was bedeutet, dass Pablo in großer Gefahr ist!«

Doppelüberwachung

»Wieso denn in großer Gefahr?«, fragte Peter. »Hasenmörder hat zwar die Nummer, aber die bringt ihm doch nichts.«
»Sie kann ihm sehr wohl etwas bringen«, widersprach Justus. »Hasenmörder ist gerissen, das wissen wir. Ich an seiner Stelle würde wie folgt vorgehen: Ich würde eine SMS an Pablo schicken. ›Pablo, du bist in Gefahr! Ich habe herausgefunden, was passiert ist. Ray Layton ist dir auf den Fersen, er weiß, wo du dich versteckst. Wir müssen uns treffen! Treffpunkt dann und dann, da und da.‹ Wenn Pablo sich wirklich irgendwo vor Hasenmörder versteckt hält und Angst hat, wird er darauf reagieren und am vereinbarten Treffpunkt erscheinen. Er wird denken, dass du ihm die Nachricht geschickt hast, Quinn.«
Quinn erbleichte. »Aber dann müssen wir etwas unternehmen!«
»Wir könnten ihm eine Warnung senden«, sagte Peter. »Weißt du Pablos Handynummer auswendig?«
Mit zusammengepressten Lippen schüttelte Quinn den Kopf.
»Dann bleibt uns nur eine Möglichkeit«, befand Justus. »Wir müssen Hasenmörder überwachen. Er hat das Handy noch nicht lange in seinem Besitz, etwa seit zwei Stunden. Sollte er zu einem geheimen Treffpunkt aufbrechen, wird er das frühestens heute Abend tun, denke ich.«
Bob sah zum Himmel, wo sich ein paar Federwolken im Sonnenuntergang rötlich färbten. »Es ist Abend.«

»Dann lasst uns keine Zeit verlieren. Peter und Bob, fahrt nach Hause und kommt mit den Autos zurück.«

»Mit beiden?«

»Ja, denn wenn Hasenmörder ein weiteres Mal mit Steven Sullivan zusammenarbeitet, müssen wir in der Lage sein, beide zu beschatten. Beeilung, Kollegen!«

Peter und Bob machten sich auf den Weg. Justus schloss hinter ihnen das Tor zum Schrottplatz ab. Dann beeilte er sich, die Funkgeräte zusammenzusuchen. Quinn blieb staunend auf dem Schrottplatz stehen und sah zu, wie Justus hin und her eilte, in diesem seltsamen Kühlschrank verschwand und wieder auftauchte.

Zehn Minuten später war der Erste Detektiv so weit. »Am besten fährst du nach Hause, Quinn. Du kannst jetzt sowieso nichts mehr unternehmen.«

Doch Quinn schüttelte den Kopf. »Ich möchte mitkommen.«

»Tatsächlich? Ich dachte, Hasenmörder macht dir Angst.«

»Das tut er auch. Aber ich will Pablo helfen.«

Justus zögerte. Einerseits war er von Quinns Idee nicht begeistert. Andererseits – wenn sie mit zwei Autos unterwegs waren, war ein vierter Mann vielleicht keine schlechte Idee. Dann wäre keiner alleine im Wagen.

»In Ordnung. Aber ich kann dir nicht garantieren, dass es ungefährlich ist.«

Quinn schluckte, nickte aber tapfer. »Okay.«

Da kamen auch schon Bob und Peter zurück. Justus und Quinn verließen den Schrottplatz durch das Grüne Tor, einen ihrer geheimen Eingänge.

»Quinn kommt mit«, erklärte Justus, während er Bob und Peter ihre Funkgeräte in die Hand drückte. »Können wir mit deinem Wagen fahren, Bob?«
Bob nickte und überließ dem Ersten Detektiv den Autoschlüssel für seinen klapprigen gelben VW Käfer, bevor er selbst zu Peter in dessen roten MG stieg.
»Fahrt mir einfach nach und bleibt auf Empfang!«
Justus stieg ein und fuhr los Richtung Pacific Palisades. Hier und da blitzte zwischen den Häusern der Ozean auf. Das Meer sah im Licht der untergehenden Sonne aus wie flüssiges Blei. Als sie die Straße, in der Sullivan wohnte, erreichten, war die Sonne hinter dem Horizont verschwunden und die Dämmerung setzte ein. Der Dodge Diplomat stand noch da. Justus fuhr so weit die Straße hinunter, dass er das Haus und den Wagen gerade noch im Rückspiegel sehen konnte. Dann hielt er am Straßenrand, machte den Motor aus und nahm das Funkgerät zur Hand.
»Hier Erster, bitte kommen.«
»Dritter hier, ich sehe den Dodge und ich sehe euch. Sollen wir an der Kreuzung parken?«
»Das wäre wahrscheinlich das Beste. Sullivan wohnt in Haus Nummer vier.«
»Gut.«
Justus sah Peters MG nicht, doch er wusste, dass sie Sullivans Haus vom anderen Ende der Straße aus im Blick hatten.
»Und jetzt?«, fragte Quinn besorgt.
»Jetzt heißt es warten.«
Langsam wurde es dunkel. Kinder, die in den Einfahrten gespielt hatten, wurden reingerufen. In den Häusern gingen

die Lichter an, auch in Nummer vier. Es war also jemand zu Hause, das war ein gutes Zeichen. Justus entspannte sich etwas und öffnete eine Tüte Chips, die er geistesgegenwärtig aus der Zentrale mitgenommen hatte. Ohne den Rückspiegel aus den Augen zu lassen, fing er an, sie langsam aufzuessen.
»Ich sollte jetzt eigentlich zum Abendessen zu Hause sein«, murmelte er. »Das wird Tante Mathilda ganz und gar nicht gefallen. Willst du auch ein paar Chips?«
Doch Quinn lehnte ab, er war zu nervös, um Hunger zu haben. Seine Finger spielten unaufhörlich mit Münzen, mit seinem Hausschlüssel, seinem Taschenmesser und seinem Stofftaschentuch. Er ließ alles fortwährend verschwinden und wieder auftauchen, während er im Außenspiegel Sullivans Haustür im Blick behielt.
Justus begann, ihm von den Fortschritten ihrer Ermittlungen zu berichten. Er erzählte von Caligarov und der Blutstiara.
Da sah er plötzlich Peter die Straße entlangschlendern, eine Mütze ins Gesicht gezogen. Justus griff nach dem Funkgerät.
»Hier Erster. Bob, was macht Peter da?«
»Hier Dritter. Er wollte nur mal schnell was nachsehen.«
Peter drehte wieder um und verschwand aus ihrem Sichtfeld. Kurz darauf meldete er sich über Funk. »Ratet mal, wen man durch das Fenster beobachten kann, wenn man die Straße entlanggeht!«
»Hasenmörder und Sullivan«, sagte Justus.
»Richtig. Und Sullivan ist gleich unser Spaziergänger von heute Nachmittag. Du hattest also recht, Just.«
»Und sonst?«, fragte Justus.
»Sie reden miteinander. Aber Hasenmörder ist unruhig, er

läuft die ganze Zeit auf und ab. Könnte sein, dass sich bald etwas tut.«

Peter behielt recht. Zwanzig Minuten später fiel vor Haus Nummer vier ein Rechteck aus Licht auf die Straße. Ein Schatten erschien darin. Dann wurde die Tür geschlossen und Hasenmörder ging mit energischen Schritten zu seinem Wagen und stieg ein.

»Es geht los!«, keuchte Quinn.

»Erster hier«, sprach Justus in das Funkgerät. »Quinn und ich nehmen die Verfolgung auf. Ihr bleibt hier und überwacht Sullivan.«

»Bist du sicher, Just?«, fragte Bob.

»Absolut. Wir wissen nicht, was die beiden vorhaben. Ich möchte nicht, dass wir alle Hasenmörder zum nächsten Fast-Food-Restaurant und zurück verfolgen, während Sullivan zur eigentlichen Mission aufbricht. Ihr bleibt hier. Ich rufe euch an, wenn die Funkreichweite erschöpft ist. Ende!«

Justus drückte Quinn das Funkgerät in die Hand, drehte den Autoschlüssel und fuhr los. Mit so viel Abstand wie möglich folgte er dem Dodge. Schon bald bog Hasenmörder auf die viel befahrene Küstenstraße ein.

»Hoffentlich verlieren wir ihn nicht«, meinte Quinn besorgt.

Justus schüttelte den Kopf. »Keine Sorge. Ich bin ganz froh über diese Strecke. Der gelbe Käfer ist auffällig. Aber in diesem Verkehr werden wir in Hasenmörders Rückspiegel nur zwei weiße Punkte unter vielen sein. Er wird uns nicht bemerken.«

Doch Justus' Erleichterung währte nicht lange, denn schon bald verließ der Dodge die Küstenstraße und fuhr in die Berge. Der Erste Detektiv musste den Abstand vergrößern, um nicht aufzufallen.

Die Gegend wurde schnell einsam. Justus kannte die Straße, auf der sie waren. Sie schlängelte sich über einen Bergrücken im Norden von Santa Monica Richtung San Fernando Valley, ungefähr parallel zum Rustic Canyon, nur ein Stück weiter östlich. Es war die am dichtesten bewaldete Gegend in der Region. Etwa fünf Minuten nachdem sie die letzten Häuser am Fuß der Berge passiert hatten, rollte der Dodge rechts auf einen Parkplatz, von dem aus ein Wanderweg ins bewaldete Tal führte. Jetzt am Abend war der Platz vollkommen menschenleer.

Justus machte die Scheinwerfer aus, schaltete in den Leerlauf, damit das Motorengeräusch sie nicht verriet, und ließ sich, soweit es ging, an den Parkplatz heranrollen. Hinter einem Baum, der ein wenig Deckung bot, kam er am Straßenrand zum Stehen.

»Justus, mir ist nicht wohl bei der Sache«, flüsterte Quinn.

»Mir auch nicht«, gestand der Erste Detektiv und rief Bob auf dem Handy an.

»Just!«, meldete sich Bob. »Alles in Ordnung? Wo seid ihr?«

»Auf der West Manderville Fire Road Richtung Norden«, sagte Justus. »Hasenmörder ist gerade auf einen Parkplatz gefahren, von dem aus ein Wanderweg losgeht. Aber es ist so dunkel hier, dass ich ihn nicht mehr … halt, jetzt sehe ich ihn! Die Innenbeleuchtung seines Wagens ist gerade angegangen. Er steigt aus. Sieht sich um. Und macht eine Taschenlampe an. Gut so, sonst würden wir ihn aus den Augen verlieren. Er geht jetzt in den Wald. Ich sehe das Licht seiner

Lampe. Er ist recht zielstrebig und scheint genau zu wissen, wohin er will.«

»Bei uns tut sich gar nichts«, sagte Bob. »Sullivan ist immer noch zu Hause. Sollen wir nicht besser nachkommen?«

»Nein. Wir wissen nicht, was genau die beiden vorhaben. Bleibt besser auf eurem Posten.«

»Justus«, raunte Quinn, »man kann die Taschenlampe kaum noch sehen. Da, jetzt ist das Licht ganz im Wald verschwunden!«

»Lauft dem bloß nicht hinterher!«, warnte Bob am anderen Ende. »Mit Hasenmörder nachts allein im Wald, das ist keine gute Idee.«

Doch Justus bereute es bereits, dem Mann nicht gleich gefolgt zu sein. Jetzt war er außer Sichtweite und sie wussten nicht mehr, wo er steckte. »Wir werden vorsichtig sein«, versprach Justus. »Ich melde mich ab jetzt alle fünfzehn Minuten. Wenn ich das nicht tue, ist was schiefgelaufen und ihr holt Hilfe, in Ordnung?«

»Alles klar«, meinte Bob besorgt.

Sie verglichen ihre Uhren und machten eine Zeit für den nächsten Anruf ab. Dann legte Justus auf.

Draußen verlor sich langsam der letzte Rest Dämmerlicht am Horizont und die sternenklare Nacht brach herein. Es war unwirklich still hier draußen.

»Und nun?«, fragte Quinn ängstlich.

»Ich weiß es nicht. Vielleicht sollten wir uns den Wagen ansehen.«

Quinn war erschrocken. »Und wenn Hasenmörder zurückkommt?«

»Dann sehen wir das rechtzeitig am Schein seiner Taschenlampe.«
»Ich weiß nicht. Was ist, wenn …« Quinn unterbrach sich. Er hatte etwas gesehen und starrte durch die Windschutzscheibe. »Da!«, flüsterte er. »Da kommt jemand!«
Vor ihnen auf der Straße bewegte sich langsam und vorsichtig eine dunkle Gestalt. Sie hielt auf den Parkplatz zu. Doch unter den Bäumen, die die Straße säumten, konnten sie nicht erkennen, wer es war.
Dann erreichte die Gestalt die Parkplatzeinfahrt, wo keine Bäume standen.
»Pablo!«, keuchte Quinn. »Das ist Pablo! Er geht zum Parkplatz! Wir müssen ihn warnen! Schnell!«
Justus zögerte. »Solange wir nicht genau wissen, wo Hasenmörder ist …«
»Egal, wo er ist – wir sind schneller als er«, war Quinn überzeugt. Und noch ehe Justus widersprechen konnte, hatte Quinn die Beifahrertür geöffnet und war aus dem Wagen gesprungen.
»Warte!«, rief Justus, doch da war Quinn schon losgelaufen. Justus blieb im Wagen sitzen und beobachtete mit klopfendem Herzen, wie der Junge auf den Zauberer zulief. Vielleicht hatte Quinn recht und es war das Beste, abzuhauen. Jetzt sofort, bevor Hasenmörder zurückkam. Wenn Justus Quinn nachfuhr, konnten er und Pablo schnell einsteigen und sie wären in einer Minute über alle Berge.
Justus traf eine Entscheidung und griff nach dem Zündschlüssel.
Da klopfte jemand an sein Seitenfenster.

Justus erschrak so sehr, dass fast sein Herz stehen blieb. Er sah hinaus und blickte in die Mündung einer Pistole, die auf ihn gerichtet war.

Dahinter leuchtete Hasenmörders Grinsen im silbrigen Licht der Sterne. »Ts, ts, ts«, machte Ray Layton und schüttelte tadelnd den Kopf.

Nachts im Wald

Layton sagte nichts, sondern bedeutete ihm nur mit einer leichten Kopfbewegung, auszusteigen. Doch sein Blick war so eiskalt, dass Justus es vorzog, ihm Folge zu leisten.
»So, mein Freund«, raunte der Mann leise, als Justus neben ihm stand. »Du hältst jetzt schön die Klappe. Wenn du die beiden da vorne irgendwie warnst, wird das das Letzte gewesen sein, was du tust. Hast du mich verstanden? Es reicht, wenn du nickst.«
Justus nickte. Sein Herz klopfte ihm bis zum Hals. Inspektor Cottas Worte fielen ihm wieder ein: Ray Layton war gemeingefährlich und neigte zu Gewaltausbrüchen. Der Erste Detektiv hatte keinen Zweifel daran, dass Layton ihm etwas antun würde, wenn er nicht gehorchte.
Layton presste ihm den Lauf seiner Pistole an den Hals und schob ihn damit zum Straßenrand. Dort stellten sie sich hinter einen Baum und warteten. Layton wirkte dabei vollkommen ruhig.
In der nächtlichen Stille hörte Justus leise aufgeregte Stimmen: Quinn redete auf Pablo ein. Justus konnte nicht verstehen, was gesagt wurde. Eilige Schritte näherten sich. Justus dachte fieberhaft nach, wie er die beiden warnen konnte, ohne dass Layton es merkte, doch ihm fiel nichts ein, und dann war es auch schon zu spät. Quinn und Pablo Rodriguez erreichten den VW. Pablo sah so aus, wie Justus ihn auf dem Video von Mrs Kato gesehen hatte: klein und drahtig, mit schulterlangem, grauem Haar und einem Spitzbart. Aber

nun trug er keinen schwarzen Anzug, sondern eine alte Jeans und einen ausgeleierten Pullover. Er sah nicht mehr aus wie ein Zauberer, sondern einfach wie ein älterer Mann.

Quinn wollte gerade die Wagentür aufreißen, als ihm auffiel, dass Justus nicht mehr am Steuer saß.

Der Erste Detektiv spürte, wie die Pistole in seinen Nacken gedrückt wurde, und unwillkürlich trat er vor.

Als Quinn die Schritte hörte, wirbelte er herum und stieß einen erstickten Schrei aus. »Justus!«

»Ganz ruhig bleiben, ihr beiden, sonst habt ihr den Dicken hier zum letzten Mal gesehen«, sagte Layton in einer Ruhe und Beiläufigkeit, die Justus erschaudern ließ.

Quinn und Pablo rührten sich nicht von der Stelle.

»Guten Abend, Steven«, sagte Layton. »Lange nicht gesehen. Du bist alt geworden.«

»Steven?«, wiederholte Justus. Und mit einem Mal wurde ihm klar, welchem Denkfehler er die ganze Zeit aufgesessen war. Aber Layton stupste ihm unwillig die Waffe ins Genick und Justus zog es vor, zu schweigen.

»Ray …«, stammelte Pablo. »Ich … ich wusste nicht …«

»Was du wusstest und was nicht, kannst du mir gleich in aller Ruhe erzählen. Jetzt kommt ihr drei erst mal schön mit. Ihr beiden geht voran. Dem Dicken passiert so lange nichts, wie ihr tut, was ich sage. Vorwärts jetzt, zum Parkplatz!«

Schweigend setzten sie sich in Bewegung. Keiner wagte zu sprechen. Nur Quinn wimmerte leise. Er tat Justus leid. Der Erste Detektiv verfluchte sich innerlich, dass er Quinn mitgenommen hatte. Wenn hier etwas schieflief, war Justus dafür verantwortlich. Ein bitteres Lachen stieg in ihm auf. Als ob nicht bereits alles schiefgelaufen wäre! Aus einer simplen Überwachung war eine lebensgefährliche Situation entstanden. Ihm fielen Peters Worte wieder ein: Wenn Justus keinerlei Potenzial für Komplikationen sah, steckten sie eine Stunde später in sehr großen Schwierigkeiten.

Layton führte sie über den Parkplatz, am Dodge vorbei bis zum Waldweg. Er schaltete seine Taschenlampe ein. Das tanzende Licht warf tiefe Schatten in den Wald. Hinter dem schmalen Pfad versank die Welt in Dunkelheit.

Der Weg führte sanft, aber stetig bergab ins Tal. Noch immer sprach niemand ein Wort. Manchmal huschte irgendein Tier durchs Unterholz. Bei jedem Geräusch zuckte Quinn ängstlich zusammen.

Die Bäume wichen zurück und gaben eine Lichtung frei, auf der eine Holzhütte stand. Vermutlich wurde sie von Rangern genutzt. Layton dirigierte sie darauf zu. »Tür auf!«, befahl er. Pablo, der vorangegangen war, öffnete die Tür. Drinnen war es dunkel, doch auf einem Regal stand eine Leuchte in Form einer Petroleumlampe, nur dass sie elektrisch war und mit LEDs funktionierte. Layton schaltete sie ein. Eisiges weißblaues Licht erhellte das Innere der Hütte. Sie war karg eingerichtet mit einem Tisch, drei Stühlen und einem Feldbett. An einem Haken an der Wand hing eine zerschlissene Jacke. Mehr gab es nicht.

»Hinsetzen!«

Die drei setzten sich auf die Stühle. Unsanft wurden ihnen nacheinander die Arme auf den Rücken gezerrt. Justus spürte das schmale Plastikband eines Kabelbinders, das in seine Handgelenke schnitt. Layton nahm ihnen die Telefone ab und legte sie auf den Tisch. Nachdem alle gefesselt waren und auf den Stühlen nebeneinandersaßen – Pablo, Quinn, Justus –, baute sich Ray Layton vor ihnen auf und lächelte zufrieden. Aber er sah dabei nur den Zauberer an.

»Steven, Steven, Steven«, sagte er kopfschüttelnd. »Dass wir uns noch mal begegnen. Wie schön. Es hat gar nichts genützt, dass du dich jetzt Pablo Rodriguez nennst, hast du das bemerkt? Ich habe dich trotzdem gefunden. Du hattest so früh nicht mit mir gerechnet, oder? Dachtest, ich käme erst in drei Jahren frei. Aber ich war nett zur Polizei. Irgendwann wurde mir klar, dass ich nach meiner Entlassung wahrscheinlich überwacht werden würde, solange die Beute verschwunden blieb. Und dass ich die Münzen von Nightingale sowieso nie unbemerkt zu Geld hätte machen können. Also habe ich das Versteck verraten. Und bekam ein paar Jahre Freiheit geschenkt. Großzügig, nicht wahr? Aber du weißt ja, wie sich Freiheit anfühlt. Du hast alles dafür getan, mich als Drahtzieher beim Nightingale-Einbruch dastehen zu lassen. Dabei bist du derjenige gewesen, der sich das alles ausgedacht hatte.«

»Aber Ray«, sagte Pablo ängstlich. »Ich konnte doch nichts am Urteil der Richter ändern!«

»Du hast gegen mich ausgesagt!«, donnerte Layton und trat ganz nahe an Pablo heran. »Du hast mich verraten. Und benutzt. Und zwar von Anfang an. Das wurde mir erst viel später klar. Du brauchtest jemanden, der die Drecksarbeit erledigt. Und der durfte auch ruhig die ganze Beute haben. Denn dir ging es nicht um Geld oder wertvolle Münzen. Sondern um etwas ganz anders. Was das war, erfuhr ich erst, nachdem ich das Versteck der Beute preisgegeben hatte. Da sagte man mir nämlich, dass etwas fehlen würde. Ein Buch. Dieses Buch.«

Ray Layton zog das Notizbuch von Caligarov aus der hinteren Hosentasche und knallte es auf den Tisch. »So, mein alter Freund, du verrätst mir jetzt, was es damit auf sich hat.«

»Gar nichts!«, rief Pablo und Schweißperlen glitzerten auf seiner Stirn. »Es ist das Notizbuch eines berühmten Zauberers. Ich habe es damals bei Nightingale einfach eingesteckt.«

»Und warum?«

»Weil ich mich dafür interessiere! Da stehen alte Zaubertricks drin! Nichts weiter. Es ist nichts weiter, Ray, wirklich nicht, du könntest damit gar nichts anfangen. Und was damals passiert ist, das tut mir wirklich leid, ich wollte nicht –«

»Du lügst«, stellte Layton nüchtern fest und trat einen Schritt zur Seite, sodass er jetzt Quinn gegenüberstand. Er richtete seine Waffe auf den Kopf des Jungen. »Und wenn du jetzt nicht die Wahrheit sagst, wird dein junger Freund dafür bezahlen.«

»Es geht um Diamanten!«, rief Quinn so laut, dass sich seine Stimme überschlug. »Um Diamanten, um ein Schmuckstück, die Blutstiara, die ist verschollen, und in dem Buch steht, wo sie ist. Vielleicht.«

»Was denn für Diamanten?«, fragte Layton nach.

»Ich ... ich weiß es doch nicht so genau«, schluchzte Quinn und fing an zu weinen und zu zittern. »Bitte tun Sie mir nichts, bitte!«

Justus brach es das Herz, Quinn so zu sehen. Aber Pablo, dem das Entsetzen ebenfalls ins Gesicht geschrieben stand,

unternahm nichts. »Lassen Sie Quinn in Ruhe«, hörte Justus sich sagen, und seine eigene Stimme klang verblüffend ruhig. »Ich werde Ihnen sagen, was Sie wissen wollen. Aber hören Sie auf, Quinn zu bedrohen.«
Lächelnd wandte sich Layton an Justus. »Sieh an, ein Held. Mir Bedingungen stellen zu wollen ist sehr gefährlich. Daran sind schon ganz andere Leute gescheitert.«
»Bitte«, fügte Justus hinzu, bemühte sich aber, nicht allzu demütig zu klingen.
»Also schön. Dann rede. Wer bist du überhaupt?«
»Mein Name ist Justus Jonas. Meine Freunde und ich sind Detektive.«
»Ah ja, ihr habt meinem Kumpel Sullivan eure Karte gegeben. Detektive also.«
»Wir wurden beauftragt, das Verschwinden von Pablo Rodriguez zu untersuchen.« Justus erzählte ihm in knappen Worten, was sie herausgefunden hatten. »Ich vermute, dass es im Notizbuch von Igor Caligarov einen Hinweis auf den Verbleib der Tiara gibt, hatte allerdings noch keine Gelegenheit, das zu überprüfen.«
»Nun gut«, sagte Layton zufrieden und wandte sich wieder Pablo zu. »Was sagst du dazu, alter Freund?«
Der Zauberer ließ den Kopf hängen. »Es stimmt, was er sagt. Alles.«
»Und wo hast du die Tiara versteckt? Oder hast du sie schon zu Geld gemacht? Nein, das hast du nicht, sonst würdest du nicht dieses jämmerliche Leben in deinem albernen Zaubertheater führen.«
»Ich habe sie nie gefunden!«, beteuerte Pablo. »Wirklich, ich

weiß nicht, wo sie ist. Ich war jahrelang auf der Suche danach und habe versucht herauszufinden, wohin Caligarov damals abgetaucht ist. Bei meiner Spurensuche stieß ich schließlich auf das Notizbuch, das vor sechzig Jahren auf einem Dachboden in Wien aufgetaucht war. Ich weiß nicht, wie es dahin gekommen ist. Aber es landete bei einem privaten Sammler. Nach dessen Tod wurde die Sammlung versteigert, und ich bekam heraus, dass Nightingale der Käufer war. Das Buch ist die einzige Spur, die es überhaupt zu Caligarov gibt. Alle anderen Caligarov-Jäger haben die Suche nach ihm längst aufgegeben. Ich dachte, wenn ich das Buch erst hätte, würde ich auch die Tiara finden. Deshalb habe ich dich zu dem Einbruch bei Nightingale … überredet.«
Layton lachte auf.
»Aber in dem Buch ist nichts!«, fuhr Pablo fort. »Ich habe keinen Hinweis gefunden, ich habe mich getäuscht, es war ein Fehler, ein großer Irrtum. Warum hätte Caligarov auch das Versteck der Tiara aufschreiben sollen? Das ergibt keinen Sinn. Aber das wurde mir erst später klar. Bitte, Ray, du musst mir glauben, es tut mir leid, ich –«
Ein Surren ließ Pablo, Quinn und Justus zusammenfahren. Eines der Handys auf dem Tisch klingelte.
»Das ist deins«, stellte Layton an Justus gewandt fest und warf einen Blick auf das Display. »Peter. Einer deiner Detektivfreunde?«
Justus nickte beklommen.
In Windeseile war Layton hinter ihm und schnitt ihm mit einem Messer die Fesseln durch. »Du gehst jetzt dran und versicherst deinem Freund, dass alles in Ordnung ist. Du lässt

mit keiner Silbe durchblicken, wo du bist oder was gerade abgeht.« Er richtete seine Waffe auf Quinn, der mit Tränen in den Augen die Lippen zusammenpresste. »Hast du mich verstanden?«
Justus nickte, stand auf, griff nach dem Telefon und nahm das Gespräch entgegen.

Keinerlei Potenzial für Komplikationen

»Da muss was passiert sein, Bob«, murmelte Peter, während er am Ende der Straße, in der Sullivan wohnte, im MG saß und sein Handy ans Ohr gepresst hielt. Es hatte schon sechsmal geklingelt und Justus ging nicht dran. »Justus ist fünf Minuten über der Zeit. Das passt nicht zu ihm. Wir sollten die Polizei –«
Jemand nahm ab. »Hi, Peter.«
»Justus! Mann, was ist denn los? Du wolltest dich doch melden!«
»Wollte ich auch gerade. Alle zwanzig Minuten, das hatten wir doch vereinbart.«
»Alle *fünfzehn* Minuten hatten wir vereinbart!«
»Tatsächlich?«
»Ja, tatsächlich.« Peter runzelte die Stirn. »Just, ist alles in Ordnung?«
»Ja, alles bestens. Layton ist immer noch im Wald. Es hat sich nichts weiter getan.«
»Wirklich? Es passt nicht zu dir, dass du dir unsere Vereinbarung falsch merkst.«
»Vielleicht hast du sie dir falsch gemerkt.«
»Ich weiß nicht, Just …«
»Peter, beruhige dich. Es gibt hier keinerlei Potenzial für Komplikationen.«
Peters Augen weiteten sich. »Du … du meinst, keinerlei Potenzial für Komplikationen im klassischen Drei-???-Sinne?«

»Richtig, Peter«, antwortete Justus fröhlich.
»Um Himmels willen, Justus, du kannst nicht frei reden, oder? Seid ihr noch da, wo ihr vorhin wart?«
Justus zögerte unmerklich. Dann lachte er, als hätte Peter eine lustige Bemerkung gemacht, und sagte: »Das weiß ich doch nicht, im Wald halt! Du kannst ja mal mit Cotta dort spazieren gehen, vielleicht findet er eine Spur. Ich melde mich, wenn sich etwas tut. Bis dann!«
Die Verbindung war beendet. Peter war blass geworden.
»Was hat er gesagt, Peter?«, fragte Bob besorgt. »Nun red schon!«
»Ruf Cotta an, Bob! Justus und Quinn stecken in Schwierigkeiten.«

Justus legte auf und gab Layton das Handy zurück. Der trat einen Schritt auf ihn zu und fragte drohend: »Was war das mit dem Wald? Was hast du ihm erzählt?«
Justus sah ihm gerade in die Augen. »Peter fragte, ob ich wisse, wo genau Sie seien. Ich sagte ihm, dass ich das nicht wissen könne, schließlich seien Sie in den Wald gegangen.«
»Und wer ist Cotta?«
»Sein Hund. Ich schlug ihm vor, mit Cotta in den Wald auf Spurensuche zu gehen.«
Layton kniff die Augen zusammen, offenbar nicht ganz sicher, ob er Justus glauben sollte. »Wo stecken deine Freunde jetzt?«
»Zu Hause.«
»Sie sitzen zu Hause, während ihr mir hinterhergefahren seid?« Layton stieß Justus vor die Brust, sodass dieser zurück

auf den Stuhl taumelte. Dann griff Layton nach seinem eigenen Handy.

»Sullivan, ich bin's. Diese Kinder, denen du im Rustic Canyon begegnet bist – es kann sein, dass zwei von ihnen dich überwachen. Lach nicht, die Burschen sind ernst zu nehmen. Sieh nach, ob ich recht habe. Aber unauffällig, hörst du?« Er legte auf und betrachtete Justus intensiv und nachdenklich. »Du scheinst mir ein schlaues Kerlchen zu sein. Du hast innerhalb eines Tages all diese Dinge herausgefunden, für die Steven viele Jahre gebraucht hat. Nützlich, äußerst nützlich so ein scharfer Verstand.« Er griff nach dem Notizbuch und drückte es Justus in die Hand. »Dann sag mir mal, wo das Schmuckstück ist.«

Justus starrte ihn entgeistert an. »Wie bitte?«

»Du sollst dieses Buch lesen und mir sagen, wo die Blutstiara versteckt ist! Du hast eine Stunde Zeit. Gib dir Mühe.« Ohne den Blick von Justus zu wenden, richtete Layton die Waffe auf Quinn. Er lächelte. »Du weißt ja, was sonst passiert.«

»Aber … aber wie soll ich das denn herausfinden? Mr Rodriguez hatte jahrelang Zeit, sich mit dem Buch zu beschäftigen. Er kennt Igor Caligarovs Geschichte in- und auswendig! Wenn er nichts herausgefunden hat, wie soll ich das dann schaffen?«

»Viele Jahre«, sagte Layton und zeigte auf Pablo. Dann zeigte er auf Justus. »Ein Tag. Lies!« Und als Justus nicht sofort Folge leistete, packte Layton ihn beim Nacken und drückte sein Gesicht brutal nach unten auf das Buch. »*Lies!*«

Justus schlug das Buch auf. Er spürte Laytons Blick auf sich, wagte aber nicht aufzusehen. Langsam blätterte er Seite für

Seite um. In der Waldhütte war es totenstill. Nur Quinn entwich hin und wieder ein leises Schluchzen. Justus versuchte, sich zu konzentrieren. Igor Caligarovs winzige Schrift war kaum zu entziffern. Die Zeichnungen verschwammen vor seinen Augen. Er musste sich zusammenreißen!
Es gab keinerlei einleitenden Text. Auf der ersten Doppelseite war ein Zaubertrick beschrieben, bei dem eine Person ausgestreckt auf dem Rücken in der Luft schwebte. Justus betrachtete die Zeichnung, auf der eine komplizierte Stangenkonstruktion zu sehen war. Auf dieser lag eine Person, halb zugedeckt mit einem Tuch, sodass die Konstruktion selbst nicht zu sehen war. Justus las ein paar Sätze, blätterte dann aber weiter.
Die nächsten beiden Doppelseiten beinhalteten weitere Zeichnungen zum Gestänge, das für den Trick benötigt wurde. Detailansichten. Pfeile mit winziger Beschriftung, die Justus beim besten Willen nicht lesen konnte.
Als Nächstes kam ein Kartentrick. Hier gab es viel Text, es ging vor allem darum, das Publikum abzulenken, während der Zauberer das Kartendeck gegen ein anderes austauschte. Die Anekdote, die der Zauberer dabei erzählen sollte, eine Geschichte vom russischen Zarenhof, war Wort für Wort aufgeschrieben. Möglich, dass hier ein Hinweis verborgen war. Vielleicht würde Justus ihn früher oder später sogar finden. Aber in dieser Hütte, unter Zeitdruck und in Lebensgefahr konnte er kaum einen klaren Gedanken fassen.
Er blätterte weiter. Nun kam eine Nummer, bei der Caligarov zunächst ein Stück Kohle auf einen Tisch legte. Dann stach er sich mit einem Messer in die Handfläche, stark ge-

nug, dass es blutete. Das Blut sollte auf das Stück Kohle tropfen. Und dann stieg aus der Kohle plötzlich rotes Licht auf, wie ein Sonnenaufgang. Das Ganze war mit dem Begriff »Morgenröte« beschriftet. Näher erklärt wurde es nicht und Justus verstand den Trick auch nicht so recht.

Dann kam die berühmte Elefantennummer. Justus sah den Elefanten, das doppelte Tuch, das über ihn geworfen wurde, und las genaue Anweisungen, wie das weiße Tuch beschaffen sein musste, damit es leicht vom schwarzen herunterrutschte, ohne dieses mitzureißen.

Als Nächstes ein weiteres Kartenkunststück. Dann ein weißes Kaninchen, aus dem zwei wurden. Ein magischer Kessel, aus dem mit jedem Ausschenken eine andersfarbige Flüssigkeit kam, erst eine rote, dann eine grüne, dann eine blaue. Danach die berühmte zersägte Jungfrau, bei der eine Frau in einen sargähnlichen Kasten gesperrt wurde, wobei Kopf und Füße an den Enden herausschauten. Der Kasten wurde zersägt und die beiden Teile auseinandergeschoben.

So ging es weiter und weiter, bis Justus am Ende des Buches angelangt war. Er traute sich nicht, den Blick zu heben. Wollte nicht zugeben, dass er nicht den Hauch einer Ahnung hatte, wo hier ein Hinweis versteckt sein sollte. Von der Stunde, die Layton ihm gegeben hatte, waren vielleicht erst zehn Minuten vergangen. Ihm blieb also noch genügend Zeit. Aber würde ihm das etwas nützen? Wahrscheinlich hatte Pablo recht und es gab überhaupt keinen Hinweis auf die Tiara. Es war alles ein großer Irrtum. Aber das würde Layton nicht zufriedenstellen.

Das Klingeln von Laytons Handy ließ Justus zusammenzu-

cken. Layton nahm ab und lauschte ein paar Sekunden lang schweigend. Dann sagte er: »Folg ihnen!«
Er legte auf und ging zu Justus.
Der Schlag kam völlig unerwartet. Er traf Justus mitten ins Gesicht. Sein Kopf flog zur Seite und er fiel vom Stuhl, knallte mit der Stirn gegen den Stuhlpfosten von Quinn und stürzte zu Boden. Sterne tanzten vor seinen Augen und einen Moment lang glaubte er, nicht mehr atmen zu können. Sein Gesicht war taub, warmes Blut rann ihm aus einer Platzwunde an der Stirn die Nase entlang.
»Du hast gesagt, deine Freunde wären zu Hause«, hörte er Laytons Stimme wie durch Watte irgendwo über sich. »Das war eine Lüge. Lüg mich nie wieder an.« Layton sprach ganz ruhig. Justus wagte es, den Kopf zu drehen. Layton stand über ihm, sein Gesicht war im Schein der LED-Lampe bleich wie ein Totenschädel. Er holte mit dem rechten Fuß aus, um nach Justus zu treten. Instinktiv krümmte sich der Erste Detektiv zusammen und versuchte, seinen Kopf zu schützen.
»Ray!«, rief Pablo und Laytons Fuß verharrte in der Luft. »Lass den Jungen in Ruhe, er hat damit doch nichts zu tun! Bitte!«
Layton trat zurück. »Lies weiter!«, befahl er, und Justus rappelte sich mühsam auf, setzte sich zurück auf den Stuhl und nahm mit zitternden Fingern das Buch zur Hand, das auf den Boden gefallen war. Sein Gesicht pochte heiß vor Schmerz. Blut tropfte auf die aufgeschlagenen Seiten. Er suchte nach einem Taschentuch, fand aber keins, und presste schließlich den Ärmel seines Sweatshirts gegen die Stirn. Ohne sich noch im Mindesten auf Caligarovs Notizen kon-

zentrieren zu können, sah er zu, wie die Blutstropfen zunächst wie Perlen auf der Seite mit dem seltsamen Kohlenstück-Zaubertrick schimmerten, bevor sie vom alten, trockenen Papier aufgesogen wurden.

Auch der nächste Schlag kam vollkommen unvermittelt. Nur war es diesmal nicht Layton, der ihn ausführte. Es war ein Gedanke, der ihn traf, so unerwartet und mächtig, dass sein Herz anfing zu rasen.

Justus' Finger verkrampften sich und er hoffte inständig, dass Layton nichts bemerkte. Den Blick auf die Seiten geheftet, ohne sie wirklich zu sehen, überdachte er seine Theorie noch einmal. Aber er fand keinen Fehler.

Er war ziemlich sicher, dass er wusste, wo die Tiara war!

»Das war ein Riesenfehler, Bob«, jammerte Peter, während er durch den finsteren Wald schlich. »Ein Riesenfehler!«

»Jetzt reiß dich zusammen, Peter!«, mahnte Bob. »Ja, es war ein Riesenfehler. Aber wir haben ihn nun mal gemacht. Und jetzt müssen wir sehen, wie wir aus dem Schlamassel wieder hinauskommen.«

Sie hatten den Parkplatz, auf dem der Dodge Diplomat stand, schnell gefunden. Ebenso den Anfang des Wanderwegs, der in den Wald führte. Peter war sicher, dass Justus hier irgendwo war. Sein Hinweis am Telefon war ziemlich deutlich gewesen. Aber wo? Es gab zwar einen Weg, dem sie folgten. Aber im Schein einer Taschenlampe war es leicht möglich, Abzweigungen zu übersehen. Womöglich waren sie schon längst in die falsche Richtung unterwegs. Peter war nicht einmal mehr sicher, ob sie ohne Weiteres zur Straße zurückfinden würden. Der Wald war dunkel und undurchdringlich und voller unheimlicher Geräusche.

Etwas raschelte. Bob und Peter blieben augenblicklich stehen und Peter schaltete die Taschenlampe aus. Die Dunkelheit umschloss sie und ihr Gehör schien plötzlich schärfer zu werden.

»Das sind Schritte!«, wisperte Peter. »Da ist jemand!«

»Schhh!«, machte Bob.

Die Schritte kamen näher. Verharrten. Kamen wieder näher. Das Rascheln wurde lauter, Zweige knackten, so als sei jemand vom Weg abgekommen und liefe nun durch das Unterholz. Ein unterdrückter Fluch. Dann nichts mehr. Stille, minutenlang.

Bob und Peter wagten kaum zu atmen.

Plötzlich flammte zwanzig Meter von ihnen entfernt ein blasses Licht zwischen den Bäumen auf. Ein Handydisplay! Es spiegelte sich in den dicken Brillengläsern eines Mannes, den sie schon einmal gesehen hatten: Sullivan, der Spaziergänger! Er wählte eine Nummer. Kurz darauf war seine Stimme zu hören.

»Sullivan hier. Ich bin den beiden gefolgt, wie du gesagt hast. Sie scheinen genau zu wissen, wo du steckst. Sie sind direkt zum Parkplatz gefahren und in den Wald verschwunden. Aber jetzt habe ich sie aus den Augen verloren. Ihre Lampe war plötzlich weg. Es kann sein, dass sie schon ganz in deiner Nähe sind.«

Die Antwort konnten Bob und Peter nicht verstehen. Dann sagte Sullivan: »In Ordnung«, und legte auf. Er benutzte das Licht des Displays, um zurück zum Weg zu finden, auf den er glücklicherweise erst stieß, als er schon ein gutes Stück vor Bob und Peter war. Sie warteten, bis sie sicher waren, dass Sullivan sie nicht mehr hören konnte.

»Hinterher«, flüsterte Bob, und sie folgten dem blassen Schein, der wie ein Irrlicht zwischen den Bäumen schwebte, immer tiefer in den Wald hinein.

Das Geheimnis der Blutstiara

Nachdem Layton aufgelegt hatte, sah er Justus lange an. Sein Blick war ausdruckslos, und als er sprach, klang er wie ein Lehrer, der ein ungezogenes Kind tadelt. »Du hast mich noch einmal angelogen. Nein, schlimmer noch, du hast mich betrogen. Hatte ich dir nicht gesagt, du sollst deine Freunde am Telefon davon überzeugen, dass alles in Ordnung sei?«
»Das habe ich«, gab Justus zurück. »Sie standen neben mir. Sie haben jedes Wort gehört.«
»Und wie kommt es dann, dass sie genau wissen, wo wir stecken?«
Justus zuckte die Schultern. »Sie sind Detektive. Sie werden es herausgefunden haben.«
Layton versetzte ihm eine Ohrfeige, so heftig, dass Justus beinahe abermals vom Stuhl gefallen wäre. Der Schlag ließ seine Wange taub werden und sekundenlang übertönte ein hohes Fiepen in seinem Ohr alle anderen Geräusche. »*Lüg mich nie wieder an!*«
Doch diesmal war es keine Angst, die in Justus aufstieg. Es war Wut. Was ihn selbst am meisten wunderte. Mit brennendem Gesicht wandte er sich Layton zu: »In Ordnung. Ich sage Ihnen jetzt die Wahrheit: Ich weiß, wo die Blutstiara ist.«
Layton kniff die Augen zusammen und starrte ihn an, als wollte er in seinem Gesicht lesen, ob er wirklich die Wahrheit sagte. »Du lügst.«
»Das tue ich nicht.«

»Wie konntest du das so schnell herausfinden?«
»Das war doch Ihr Auftrag, oder nicht?«
»Wo ist sie?«
Justus stand auf und warf das Notizbuch aufgeschlagen auf den Tisch. Die Doppelseite mit dem Kohlenstück-Trick war zu sehen. »Bitte sehr. Auf dieser Seite ist des Rätsels Lösung zu finden.«
Layton las den Text. »Das sagt mir nichts.«
»So ein Pech.«
Layton holte zu einem weiteren Schlag aus.
»Wenn Sie mich noch einmal anrühren, werde ich Ihnen niemals sagen, wo die Tiara ist.«
Eine Sekunde lang war Laytons Gesicht voller Wut. Dann warf er plötzlich den Kopf zurück und brach in Gelächter aus. »Tapferer dicker Junge! Aber ich fürchte, du weißt nicht, wovon du sprichst. Du weißt nicht, was Schmerzen sind. Du hast noch nie in deinem Leben echte Schmerzen gespürt. In einer halben Stunde wirst du darum betteln, mir das Versteck der Tiara verraten zu dürfen. Mal sehen, ob ich es dann noch wissen will.«

»Da«, flüsterte Bob. »Da ist was!«
Ein weißblaues Leuchten war zwischen den Bäumen aufgetaucht. Da stand eine Rangerhütte, durch die Fenster fiel das kalte Licht in den Wald.
Bob und Peter hielten darauf zu. Und bemerkten plötzlich, dass das Handylicht, dem sie gefolgt waren, nicht mehr da war.
»Wo ist Sullivan?«, raunte Peter.

»Er wird die Hütte betreten haben«, mutmaßte Bob.
»Hätten wir das nicht sehen müssen?«
»Nicht unbedingt. Der Eingang scheint auf der anderen Seite zu sein.«
Sie schlichen so nahe an die Hütte heran, wie es ging, ohne auf die Lichtung zu treten. Hinter den Fenstern bewegten sich Schatten an der Wand.
»Ich schaue mal durch die Scheibe«, flüsterte Peter. »Du bleibst hier, okay?«
Bob nickte.
So leise wie möglich trat Peter an die Hütte heran und gab darauf acht, auf keinen herumliegenden Ast zu treten. Schließlich war er nahe genug, um durch ein Fenster blicken zu können. Er sah Quinn, gefesselt auf einem Stuhl. Neben ihm Pablo, den Peter von dem Video wiedererkannte. Und Layton und Justus, die einander Auge in Auge gegenüberstanden. Layton überragte den Ersten Detektiv um mehr als einen Kopf. Und er schien stinksauer zu sein.
Ein Klicken ganz in seiner Nähe ließ Peter zusammenfahren.
»So, mein Lieber«, sagte Sullivan und trat mit einer Pistole in der Hand aus dem Schatten auf ihn zu. »Denkst du, ihr könntet mich austricksen? Falsch gedacht.« Dann hob Sullivan die Stimme und sprach in die Dunkelheit hinein. »Du bewegst besser deinen Arsch hierher, Kleiner, wenn du nicht möchtest, dass deinem Freund etwas passiert!«
»Bob ist nicht mehr da«, sagte Peter.
»Red keinen Blödsinn, ich habe euch eben noch tuscheln hören. Er steckt da hinter den Bäumen.«
»Er *steckte* hinter den Bäumen. Er ist auf dem Weg zurück

zum Parkplatz, um die Polizei herzubringen, die bereits verständigt ist.«
Sullivan schien unsicher, ob er Peter glauben sollte. »Erst mal rein mit dir«, beschloss er und dirigierte Peter um das Haus herum zum Eingang. Dort klopfte er einen kurzen Rhythmus an die Tür. Schritte waren zu hören, dann wurde die Tür geöffnet. Vor ihnen stand Layton.
»Sullivan«, sagte dieser.
»Ich habe einen von ihnen erwischt«, sagte Sullivan und stieß Peter unsanft in die Hütte.
»Justus!«, rief Peter erschrocken, als er den Ersten Detektiv aus der Nähe sah. »Ist alles in Ordnung? Du blutest!«
»Schnauze!«, herrschte Layton ihn an. »Wo ist euer Freund?«
»Bob holt die Polizei«, antwortete Peter grimmig. »Sie wird in wenigen Minuten hier sein!«
Layton sah Sullivan fragend an.
»Ich weiß nicht, ob das stimmt.«
Da hörten sie plötzlich Schritte von draußen. Von mehr als einer Person. Alle lauschten.
Layton brauchte nicht lange, um zu reagieren. Er packte Peter bei der Schulter, schubste ihn auf den leeren Stuhl, zwang seine Arme auf den Rücken und fesselte ihn mit einem Kabelbinder. Auch Justus wurde erneut gefesselt. Da kein Stuhl mehr frei war, drückte Layton ihn einfach runter auf die Knie. Dann schaltete er die Lampe aus und die Dunkelheit des Waldes schwappte in die Hütte.
»Ihr macht keinen Mucks!«, zischte Layton warnend in die Dunkelheit. Dann öffnete er die Tür. »Komm, Sullivan, wir sehen nach!«

Die beiden Männer verließen die Hütte.
Peter scherte sich nicht um das, was Layton gesagt hatte.
»Schnell, Justus, wir müssen etwas unternehmen!«
»Gute Idee, Peter, aber was?«
»Bin ich der Erste Detektiv oder du? Lass dir halt was einfallen!«
»Wir sind gefesselt, Zweiter. Das schränkt unseren Aktionsradius nicht unerheblich ein.«
»Aber irgendwas *müssen* wir doch tun!«
Da meldete sich Quinn zu Wort: »Ich hätte einen Vorschlag. Wie wäre es, wenn ich uns verschwinden lasse?«

Als Bob die Schritte auf dem Waldboden hörte, fiel ihm ein tonnenschwerer Stein vom Herzen. Er verließ seine Deckung und lief dem Geräusch entgegen. Der Strahl einer Taschenlampe traf ihn direkt ins Gesicht.
»Bob Andrews«, hörte er Inspektor Cottas wohlbekannte Stimme. »Wo sind deine Freunde?«
»Dahinten in der Hütte. Sie wurden gefangen und werden bedroht. Sie sind in großer Gefahr. Sie müssen etwas unternehmen!«
»Nur Justus und Peter?«, fragte Cotta knapp.
»Nein. Insgesamt sind sie zu viert.«
»Und wer hält sie dort fest?«
»Ray Layton und sein Freund Sullivan.«
»Layton«, knurrte Cotta. »Ich hatte euch doch gesagt, ihr sollt die Finger von dem Fall …« Cotta unterbrach sich.
»Später. Sind sie bewaffnet?«
Bob nickte.

Cotta gab seinen Männern leise Befehle. Sie waren insgesamt zu sechst. Sie schalteten ihre Lampen aus und umzingelten die Hütte weiträumig. Cotta wies Bob an, in einiger Entfernung zu warten, doch Bob trat nur ein paar Meter zurück. Er konnte jetzt nicht einfach in Deckung gehen.

Da rief plötzlich eine laute Stimme: »Wir wissen, dass ihr da seid! Zieht euch sofort zurück! Wir haben Geiseln!«

»Das ist Layton«, sagte Bob und die Angst schnürte ihm die Kehle zu.

»Verdammt!«, fluchte Cotta. »Verdammt, verdammt, verdammt! Johnson, rufen Sie die Zentrale. Wir haben eine Geiselnahme. Sie sollen die Spezialeinheit schicken.«

Bobs Handy klingelte.

»Bob Andrews!«, fauchte der Inspektor ihn an. »Würdest du *bitte* —«

»Es ist Justus«, sagte Bob verdattert und ging dran. »Just?«, flüsterte er.

»Sag Cotta, er kann beruhigt zuschlagen. Layton hat keine Geiseln. Wir sind längst draußen.«

»*Wie bitte?*«

Doch bevor Bob eine Erklärung bekam, riss Cotta ihm das Telefon aus der Hand und sprach selbst mit Justus. Dann gab er seinen Männern über Funk Anweisungen: »Schaltet eure Lampen ein. Blendet sie. Nehmt sie ins Visier.«

Mit einem Mal erstrahlte die Rangerhütte im weißen Licht der extrem hellen Polizeilampen. Layton und Sullivan erstarrten wie geblendetes Wild im Scheinwerferlicht. »Legen Sie Ihre Waffen ab, Layton! Sofort!«

»Wir haben Geiseln!«, wiederholte Sullivan und stürzte in

die Hütte zurück. Einen Sekundenbruchteil später hallte ein Schrei des Entsetzens durch den Wald. »Sie sind *weg*!«
»Sie können mir ruhig glauben, Layton!«, rief Cotta. »Das Spiel ist aus!«

Fünf Minuten später wurden Layton und Sullivan in Handschellen abgeführt. Sie hatten sich ergeben, nachdem ihnen klar geworden war, dass sie keine Chance hatten. Vier von Cottas Leuten brachten die beiden Verbrecher durch den Wald zurück zum Parkplatz.
Da raschelte es im Gestrüpp und nacheinander traten Justus, Peter, Quinn und Pablo Rodriguez auf die Lichtung. Bob rannte erleichtert auf sie zu. »Just! Peter! Wie habt ihr das gemacht?«
»Nicht wir«, sagte Justus. »Sondern Quinn. Er hat uns befreit.«
Bob blickte den Jungen groß an. »Wie denn das?«
Quinn lächelte schief. »Ich bin halt ein Zauberer.« Dann zeigte er Bob seine leere rechte Hand. Er schloss sie, drehte sie einmal, öffnete sie wieder – und ein kleines Taschenmesser lag auf seiner Handfläche. »Damit habe ich die Kabelbinder durchgeschnitten. Und dann sind wir durchs Fenster getürmt.«
Bob war begeistert. »Aber woher hattest du das Messer?«
»Ich trage es bei mir, seit Layton mich in der ersten Nacht überfallen hat. Als er mich vorhin fesselte, hatte ich das Messer in der Hand. Aber wenn ein Zauberer nicht will, dass etwas gefunden wird – dann wird es das auch nicht.«
Pablo trat von hinten auf den Jungen zu und klopfte ihm

lächelnd auf die Schulter. »Mein talentierter Schüler. Ich bin stolz auf dich. Auf euch alle.«

»Ganz im Gegensatz zu mir«, sagte Inspektor Cotta, trat auf sie zu, verschränkte die Arme vor der Brust und sah die drei ??? so wütend an, dass Peter einen Moment lang mehr Angst vor ihm hatte als vor Layton.

»Oh, oh«, flüsterte er ganz leise. »Jetzt gibt's Ärger.«

»Allerdings, Peter Shaw«, sagte Cotta, der offenbar sehr gute Ohren hatte. »Jetzt gibt's Ärger.«

Vierzig Paare großer Kinderaugen blickten Justus, Peter und Bob an. Gebannt hatten die Klassen von Mrs Thompson und Mrs Kato in der letzten halben Stunde den drei Detektiven gelauscht. Eine Woche war vergangen, seitdem Layton und Sullivan festgenommen worden waren und die drei ??? das Rätsel um den verschwundenen Zauberer gelöst hatten. Und wie versprochen erstatteten sie nun Bericht. Die spannendsten Stellen hatten sie weit genug abgeschwächt, dass sie nicht mehr so angsteinflößend waren.

Aber für Laytons Gewaltausbrüche interessierten sich die Kinder ohnehin viel weniger als für die Blutstiara. Die Lösung dieses Rätsels hatte Justus ihnen bislang noch vorenthalten.

»Wo *ist* denn nun die Stiara?«, wollte ein Junge wissen.

»Das heißt Tiara«, wurde er von Angelina, der Klassensprecherin, korrigiert.

»Sie befindet sich in der Schatzkammer eines europäischen Königshauses«, sagte Justus.

»Hä?«, fragte der Junge. »Verstehe ich nicht.«

»Das habe ich mir gedacht«, meinte Justus. »Aber ich werde es euch erklären. Ich las dieses Notizbuch des Zauberers. Da standen alle möglichen Tricks drin, das habe ich euch ja schon erzählt. Der mit dem Elefanten und der mit der schwebenden Frau und so weiter. Aber schon beim ersten Durchlesen kam mir ein Trick etwas merkwürdig vor. Könnt ihr euch denken, welcher das war?«

»Der mit dem Stück Kohle und dem Sonnenaufgang!«, rief ein Mädchen aufgeregt.

»Genau. Und warum?«

»Weil der voll komisch ist!«

»Richtig. Er kam mir einfach nicht wie ein richtiger Zaubertrick vor. Aber ich begriff nicht sofort, dass er ein versteckter Hinweis ist. Wisst ihr, woraus Diamanten bestehen?«

»Aus Glas?«, rief ein Junge.

»Quatsch«, sagte ein anderer. »Diamanten sind doch nicht aus Glas. Diamanten sind ... aus Diamant!«

»Stimmt. Aber was ist das genau? Ich werd's euch verraten: Diamanten bestehen aus Kohlenstoff. Kohlenstoff ist ein Element. Wenn man Kohlenstoff ganz stark zusammenpresst, dann verdichtet er sich zu Diamanten. Und genau das passiert im Inneren der Erde. Dort ist der Druck so hoch, dass der vorhandene Kohlenstoff zu Diamanten zusammengepresst werden kann, die dann – wenn man Glück hat – Millionen von Jahren später an die Erdoberfläche kommen.«

»Und was hat das jetzt mit der Tiara zu tun?«, maulte ein Mädchen gelangweilt.

»Genau«, mischte sich Peter ein und grinste. »Wie Diamanten entstehen, interessiert jetzt wirklich niemanden, Justus.«

»In dem beschriebenen Trick wird zu Beginn ein Stück Kohle auf einen Tisch gelegt. Kohlenstoff! Das ist der Hinweis darauf, dass es hier eigentlich um Diamanten geht. Dann sticht sich der Zauberer in die Hand und Blut tropft auf das Kohlenstück.«

»Ein roter Diamant!«, rief ein Junge aufgeregt. »Die Blutstiara!«

»Richtig. Und dann steigt rotes Licht auf, das wie ein Sonnenaufgang in der Luft schwebt. Caligarov hat extra ›Morgenröte‹ danebengeschrieben.«

Nun sahen ihn alle Kinder fragend an.

Doch statt Justus fuhr Bob fort: »Es gibt ein berühmtes Schmuckstück mit dem Namen Aurora-Collier. Ein Collier ist eine wertvolle Kette. Wir hatten über das Aurora-Collier etwas in einem Buch über berühmte Diamanten gelesen. Das Collier heißt deswegen Aurora-Collier, weil es mit roten Diamanten besetzt ist. Aurora ist nämlich das lateinische Wort für Morgenröte.«

Mittlerweile runzelten die meisten Kinder die Stirn. Sie ahnten des Rätsels Lösung, aber ganz klar war es ihnen noch nicht.

»Der Zaubertrick in Caligarovs Notizbuch beschreibt eine Verwandlung«, erklärte Justus. »Blut verwandelt sich in Morgenröte. Übersetzt heißt das: Die Blutstiara wurde in das Aurora-Collier verwandelt. Die Diamanten sind aber dieselben geblieben. Ein Goldschmied hat sie verwendet und mit ihnen ein neues Schmuckstück kreiert. In jener Nacht in der Waldhütte war das nur eine Vermutung von mir. Aber als wir wieder zu Hause und in Sicherheit waren, haben wir recherchiert: Das Aurora-Collier wurde anlässlich eines königlichen Thronjubiläums in den Zwanzigerjahren angefertigt. Seine wertvollsten Edelsteine sind acht rote Diamanten. Ein Experte hat uns recht gegeben: Es ist sehr gut möglich, dass die Diamanten des Aurora-Colliers genau dieselben sind, die vorher Bestandteil der Blutstiara gewesen waren.«

»Caligarov hat sie vermutlich umschleifen lassen«, erklärte Peter. »In der Blutstiara hatten die Diamanten eine Schiffchenform, im Aurora-Collier eine Tropfenform.« Er ging an die Tafel und malte die beiden Formen auf. »Seht ihr, wenn man die eine Spitze des Schiffchens abrundet, erhält man einen Tropfen.«

»Weil sie nun anders aussahen und in ein Collier eingearbeitet waren, konnte Caligarov die roten Diamanten, nach denen überall gesucht wurde, weiterverkaufen, ohne dass jemand Verdacht schöpfte«, sagte Bob. »Unter einer neuen Identität erfand er eine Geschichte zum Aurora-Collier. Er behauptete, es stamme aus der Schatzkammer eines Maharadschas und sei schon Jahrhunderte alt. Das stimmte natürlich nicht. Aber wie die Menschen ihm schon geglaubt hatten, dass er ein großer Zauberer am russischen Zarenhof gewesen war, glaubten sie ihm auch die Geschichte über das Aurora-Collier. Denn darin war Caligarov ein wahrer Meister: den Leuten etwas vorzugaukeln, was gar nicht der Wahrheit entsprach.«

»Und was wurde aus Igor Caligarov?«, fragte nun Mrs Kato, die Lehrerin.

»Das werden wir vermutlich nie erfahren«, sagte Bob. »Er nahm eine neue Identität an und tauchte unter. Wo und unter welchem Namen er den Rest seines Lebens verbrachte, ist sein Geheimnis geblieben. Auch welchen Weg das Notizbuch nahm, bevor es auf einem Dachboden in Wien auftauchte, werden wir nicht mehr klären können. Das Aurora-Collier jedenfalls, das früher die Blutstiara gewesen war, gehört nun einer europäischen Königin.«

»Wir vermuten, dass Caligarov das Geheimnis der Tiara nicht mit seinem Tod untergehen lassen wollte und er deshalb den versteckten Hinweis in sein Notizbuch schrieb«, sagte Justus. »Gewissermaßen als einen der größten Tricks seiner Zaubererkarriere.«

»Aber warum hat der Zauberer Pablo denn das Geheimnis nicht selber herausgefunden?«, wollte Angelina wissen.

»Weil er sich immer nur gefragt hat, wohin Igor Caligarov damals verschwunden ist«, erklärte Justus. »Er hat jahrelang versucht, Caligarovs Spur zu verfolgen, um die Tiara zu finden. Aber um die Tiara selbst hat er sich nie gekümmert. Er hat nicht geahnt, dass sie ein ganz eigenes Geheimnis birgt, Sonst hätte er es vielleicht lüften können.«

»Muss er denn jetzt ins Gefängnis?«

»Das ist noch nicht sicher. Für den Einbruch bei Nightingale ist er ja bereits bestraft worden. Es könnte jedoch sein, dass der Fall neu aufgerollt wird. Der Hasenmörder Ray Layton wird aber ganz bestimmt ein paar weitere Jahre im Gefängnis verbringen.«

Das schien die Kinder sehr zu erleichtern. Passend zum Ende der Geschichte läutete die Schulklingel, und da alle wichtigen Fragen beantwortet waren, stürmten die Kinder sofort aus dem Klassenraum.

Nachdem Ruhe eingekehrt war, wandte sich Mrs Kato an die drei Detektive. »Vielen Dank, dass ihr vorbeigekommen seid. Die Kinder und ich wollten unbedingt wissen, was aus dem Zauberer geworden ist. Dass eine so abenteuerliche Geschichte dahintersteckt, hätten wir aber nicht erwartet.«
»Wir auch nicht«, gestand Peter und warf einen Blick auf die Uhr. »Jetzt müssen wir leider los.«
Mrs Kato nickte verständnisvoll. »Ihr habt zu tun, nicht wahr? Ein neuer Fall?«
Peter nickte schicksalergeben. »Gewissermaßen. Unser neuer Auftrag ist, im Stadtpark Müll aufzusammeln. Inspektor Cotta hat uns nämlich zu gemeinnütziger Arbeit verdonnert. Einen Monat lang.«
»Und danach geht es gleich weiter auf den Schrottplatz«, sagte Bob. »Justus' Tante war nämlich ziemlich sauer, weil er sein Versprechen, zum Abendessen zu kommen, wieder nicht eingehalten hatte. Also wird auch noch der Schrottplatz aufgeräumt. Und wir beide helfen natürlich.«
Die Lehrerin lächelte mitleidig. »Ihr wart so mutige Detektive und nun werdet ihr bestraft für eure Heldentaten. Aber ziemlich leichtsinnig wart ihr natürlich auch. Dieses Abenteuer wird euch bestimmt eine Lehre sein, oder?«
Die drei Detektive nickten.
»Ganz bestimmt sogar«, sagte Justus. »Die Lehre, die wir daraus ziehen, ist, dass wir uns beim nächsten Fall ein bisschen mehr anstrengen müssen. Damit es in Zukunft keinerlei Potenzial für Komplikationen mehr gibt.«

Ein neuer Fall für die drei ???

144 Seiten, €/D 8,99

Im menschenleeren Dead Man's Canyon begegnet den drei ??? plötzlich ein Goldgräber. Und zwar nicht irgendeiner – John Dewey kam vor über 100 Jahren zu Tode und verfluchte jeden, der seinem Gold zu nahe kommt. Für Justus steht fest: Alles Legende! Doch als in der darauffolgenden Nacht gespenstischer Besuch vor der Tür steht, erwacht die Legende zum Leben ...

Lies auf den folgenden Seiten, wie es weitergeht ...

»Halt! Ich glaube, da ist es!« Bob Andrews sah aus dem Beifahrerfenster hinaus in die Nacht und zeigte auf ein altes, verwittertes Holzschild, das im Lichtkegel der Scheinwerfer aufgetaucht war.
Peter Shaw bremste.
»DEAD MAN'S CANYON«, las Justus Jonas von der Rückbank aus vor. »Gut aufgepasst, Bob, mir wäre das Schild entgangen, so halb versteckt hinter dem Gestrüpp. Hier müssen wir also rechts ab.«
»Na endlich«, seufzte Peter. »Dann kann es ja nicht mehr weit sein. Ich bin schon hundemüde. Zu dumm, dass wir bis zum Sonnenuntergang auf dem Schrottplatz schuften mussten. Deine Tante kann wirklich unbarmherzig sein.«
Von der gut ausgebauten Straße, auf der sie während der vergangenen Stunde durch die Ausläufer der Wüste im Hinterland von Los Angeles gefahren waren, bog ein deutlich schmalerer Weg ab. Die Asphaltdecke war brüchig und unzählige Male geflickt worden. Peter lenkte den MG in den Canyon. In der Dunkelheit sahen sie von der Landschaft nicht mehr als trockene Sträucher und kugelförmige Kakteen am Wegesrand.
»Wieso heißt das hier eigentlich Dead Man's Canyon?«, fragte Peter nach einer Weile.
»Dass du dich das erst jetzt fragst«, wunderte sich Justus.
»Ich frage es mich schon die ganze Zeit. Ich war mir nur nicht sicher, ob ich es wirklich wissen will. Aber da wir nun mal hier sind – spuck's aus!«
»Bob hat die Geschichte recherchiert«, sagte Justus.
Bob nickte. »Im Jahr 1852 ereignete sich hier ein grausiger

Vorfall. Ein Abenteurer namens John Dewey stieß in den Bergen zufällig auf Gold. Sofort packte ihn das Goldfieber, dem damals so viele erlegen sind. Er heuerte Arbeiter an und ließ sie auf der Suche nach einer Goldader wie ein Besessener die Erde aufbuddeln. Aber er fand nichts. Das wollte er jedoch nicht wahrhaben. Stattdessen glaubte er, dass seine Arbeiter ihn bestahlen. Arbeiter, die er schon bald nicht mehr bezahlen konnte. Die wurden ziemlich sauer. Und schließlich kam es zur Revolte.«

»Was haben sie gemacht?«, fragte Peter. »Ihn aufgehängt?«

»Exakt.«

Der Zweite Detektiv schluckte. »Echt?«

Bob nickte. »Im dritten Monat ohne Bezahlung, bei viel zu wenig Essen und gelegentlichen Prügeln, wenn Dewey meinte, einen von ihnen beim Stehlen erwischt zu haben, flippten die Arbeiter aus. Sie stürmten seine Hütte, schleiften Dewey zu einem großen Baum beim Eselspfad und hängten ihn.«

»Du meine Güte!«

»Aber bevor dem Esel, auf dem Dewey mit einer Schlinge um den Hals saß, ein Tritt gegeben wurde, sprach John Dewey einen Fluch aus. Seine letzten Worte waren: ›Ihr könnt mich umbringen, aber das Gold gehört mir. Jeder, der ihm zu nahe kommt, wird mit seinem Leben bezahlen.‹«

Bob zeigte seinen Freunden auf dem Display seines Telefons ein altes Schwarz-Weiß-Foto, auf dem ein kleiner, schmaler Mann in einem schmutzigen Hemd und mit Hosenträgern zu sehen war. Sein Gesicht war kaum zu erkennen, da es vom Schatten eines großen, breitkrempigen Cowboyhutes verdeckt wurde. »Das ist Dewey«, erklärte Bob. »Er blieb am

Baum hängen, jahrelang, denn niemand traute sich, die Leiche abzunehmen. Nach und nach wurde sie von den Vögeln gefressen, bis sie schließlich abfiel. Seit damals heißt dieser Ort Dead Man's Canyon.«
»Na, das ist ja eine reizende Geschichte«, sagte Peter und ein Schauer durchfuhr ihn. Plötzlich war ihm kalt geworden.
»Viele unheimliche Geschichten ranken sich um den Canyon. Immer wieder wird Deweys Geist in den Bergen gesehen. Camper, die hier im Zelt übernachten, hören nachts Bäume knarren, obwohl gar kein Wind weht, so als würde etwas an ihnen baumeln. Autos kommen von der Straße ab und prallen gegen die Felswand oder rasen den Abgrund hinunter. John Deweys Geist hat schon viele Opfer gefordert. Und niemand weiß, wer das nächste sein wird.«
Während der letzten Sätze hatte Bob die Stimme gesenkt und war immer leiser geworden. Nun drehte er langsam seinen Kopf zu Peter und rief laut: »Buh!«
Peter zuckte zusammen und der Wagen geriet leicht ins Schlingern. »Mann, Bob, lass das gefälligst! Das ist gefährlich, solange ich am Steuer sitze!«
Bob und Justus lachten.
»Ach, Peter, du bist so schön berechenbar!«, meinte Justus.
»Jaja, macht euch nur immer schön lustig über mich und meine Ängstlichkeit. Das ist ja auch beim hundertsten Mal immer noch wahnsinnig komisch. Wisst ihr, dass Angst eine Körperfunktion ist, die einen vor Gefahren warnt und einem unter Umständen das Leben rettet? Das habe ich neulich im Radio gehört. Angst zu haben ist also sehr nützlich.«
»*Nützliche* Angst ist nützlich«, korrigierte Justus ihn. »Die

Angst vor einer giftigen Schlange kann dir das Leben retten. Aber die Angst vor Geistern ist zu gar nichts gut, denn es gibt nun mal keine Geister.«

»Ach. Und warum hat Mrs Kramer uns dann gebeten, zu ihr zu kommen? Sie hat am Telefon gesagt, dass unheimliche Dinge im Canyon passieren, oder?«

»Sie hat herumgedruckst. Genaues habe ich am Telefon nicht erfahren können. Wir werden sehen. Übrigens müssten wir bald da sein, Peter. Noch zwei, drei Minuten, dann kommt ein großes Grundstück auf der linken Seite.«

Peter wurde langsamer und alle drei blickten schweigend aus dem Fenster, damit sie das Haus, in dem Mrs Kramer lebte, nicht verpassten. Die Welt bestand aus einem Lichtkegel, der die Straße aus der Nacht schnitt, und aus den Steinen, dem Sand und dem Gesträuch am Wegesrand.

Justus schaute aus dem Seitenfenster, während Bob im Handschuhfach nach der Karte kramte. Er wollte nachsehen, ob sie auch wirklich richtig waren.

Peters Schrei ließ ihn hochfahren. Alles ging ganz schnell. Der Wagen geriet ins Schlingern, driftete auf die Gegenfahrbahn – und plötzlich tauchte ein vielarmiges Monster vor der Windschutzscheibe auf.

Peter trat die Bremse voll durch, aber es reichte nicht. Mit nur halb verminderter Geschwindigkeit raste der MG in das Monster hinein.

Die drei ??? ... ihre großen Fälle!

- ☐ Der finstere Rivale
- ☐ Das düstere Vermächtnis
- ☐ und der Geisterzug
- ☐ Fußballfieber
- ☐ Geister-Canyon
- ☐ Schatten über Hollywood
- ☐ Schwarze Madonna
- ☐ Fluch des Drachen
- ☐ Spuk im Netz
- ☐ Haus des Schreckens
- ☐ Fels der Dämonen
- ☐ Der tote Mönch
- ☐ und das versunkene Dorf
- ☐ Das Geheimnis der Diva
- ☐ und die Fußball-Falle
- ☐ Tödliches Eis
- ☐ Grusel auf Campbell Castle
- ☐ Der namenlose Gegner
- ☐ Skateboardfieber
- ☐ Im Netz des Drachen
- ☐ Im Zeichen der Schlangen
- ☐ Die blutenden Bilder
- ☐ und der schreiende Nebel
- ☐ Sinfonie der Angst
- ☐ und die schwarze Katze
- ☐ und der verschollene Pilot
- ☐ Im Schatten des Giganten
- ☐ Fußball-Teufel
- ☐ und das blaue Biest
- ☐ und die brennende Stadt
- ☐ GPS-Gangster
- ☐ Das Rätsel der Sieben
  7 Kurzgeschichten
- ☐ Straße des Grauens
- ☐ Die Spur des Spielers
- ☐ und das Phantom aus dem Meer
- ☐ Tuch der Toten
- ☐ Eisenmann
- ☐ Dämon der Rache
- ☐ Sinfonie der Angst
- ☐ und der gestohlene Sieg
- ☐ Die Rache des Untoten
- ☐ Der Geist des Goldgräbers
- ☐ Der gefiederte Schrecken
- ☐ und der Zeitgeist
  6 Kurzgeschichten
- ☐ und die flüsternden Puppen
- ☐ Das Kabinett des Zauberers
- ☐ Im Haus des Henkers
- ☐ Geisterbucht
  Trilogie
- ☐ Schattenwelt
  Trilogie

kosmos.de/die_drei_fragezeichen